Für Leonhard Lutzke,

der mich mit seinen
musikalisch klingenden Versen
auch zu einer
Geschichte angeregt hat

Gerhard Wenzel

Halle, den 31.03.04

Erhard Wenzel

Tinte, Tod und tausend Tränen

Erhard Wenzel

Tinte, Tod und tausend Tränen

Heitere Kurzgeschichten

Impressum

1. Auflage
Satz und Druck: JUCO GmbH • www.jucogmbh.de
Titelgestaltung/Illustrationen: Susanne Berner

ISBN 3-937027-48-3
Preis: 9,90 EURO

VERSTIMMT UND ZUGENÄHT

Joachim Petzold, der Schulbusfahrer, erlebte einen ungewöhnlichen Morgen. Er hob gerade seinen übervollen Müslilöffel, als das Telefon klingelte. Sein Mund blieb nicht nur leer, sondern auch offen, denn seine ehemalige Freundin Maria verkündete ihm: „Joachim, wir bekommen Zwillinge." Nach einer kurzen Pause fuhr sie fort: „Joachim, nun sag' doch etwas."
„Mir verschlägt es die Sprache."
„Ich wusste, dass du dich freust. Kannst du heute um 18.00 Uhr mit mir eine Autofahrt machen?"
„Es ließe sich einrichten. Worum geht es denn?"
„Um unseren Nachwuchs. Hole mich bitte von zu Hause ab."

Joachim hatte es befürchtet: Seine Frau Erika hatte über den Zweitanschluss mitgehört. Kaum hatte er das Telefonat beendet, stürzte sie in die Küche und sagte laut und empört: „Was höre ich? Maria ist schwanger und zwar von dir?"
„Erika, mir ist das unerklärlich."
„Mir nicht. Angeblich hast du dauernd mit der Blaskapelle üben müssen. Statt dessen bist du fremd ..."
„Bin ich nicht. Frag' doch Maria."
„Und wieso sagt sie das mit den Zwillingen?"
„Mit Marias geschehen eben Wunder."
„Wundern wirst du dich. Ich ziehe aus und zwar noch heute."
Da bekam Joachim Angst, denn er liebte seine Frau.„Bitte Erika, lass uns heute Abend in aller Ruhe weiter reden, jetzt muss ich den Bus fahren", sagte Joachim flehend.
„Was gibt es da noch zu reden. Und heute Abend? Da hast du ja schon einen Termin."
„Ich?"
„Schon vergessen? Um 18.00 Uhr wartet Maria. Wegen deiner Zwillinge." Grimmig schleuderte Erika die Küchentür zu und verließ den Raum.

Joachim saß wie ein Häufchen Unglück am Küchentisch. Endlich schaute er auf die Uhr, sprang auf und eilte hinaus.

Er war fix und fertig. Nicht nur, dass Joachim erstmalig zu spät in seinen Bus einstieg, er fuhr auch unkonzentriert. Abwesend erwiderte er die fröhlichen Grüße der Schüler, denn er dachte an Maria und die schöne Zeit mit der Blaskapelle.
Sie musste damals – als Dirigentin und Leiterin – das kleine Orchester auflösen, denn zwei der drei Posaunisten zogen in die Großstadt. Er war damals ihre rechte Hand gewesen. Ein einziges Mal waren sie intim zusammen. Und da konnte nichts passiert sein, glaubte er. Gleich am nächsten Tag hatte er sich mit Maria ausgesprochen und sie gebeten, seine Schwäche zu vergessen. Er wusste noch, wie traurig sie ihn anschaute. Seitdem hatte Joachim Maria nur unregelmäßig gesehen. Heute nun dieser Anruf.

Pünktlich bremste Joachim den PKW vor Marias Wohnung. Knurrig registrierte er ihr strahlendes Lächeln und wischte sich heimlich ihren Schmatzer von der Wange, den sie ihm unbedingt geben musste.
Joachim schielte zu Maria. Wenn es stimmte, was sie sagte, dann musste sie im vierten Monat sein. Sie aber sah rank und schlank aus. Da erblickte er plötzlich Erika. Sie gab Maria freundlich die Hand und setzte sich mit ins Auto, ohne ihn zu beachten. Sie haben miteinander gesprochen, schlussfolgerte er.
Schlecht gelaunt stieg Joachim in den Wagen und fragte: „Wohin fahren wir?“
„Nach Basedow. Es sind genau 12 km.“
„Und was machen wir dort?“
„Du wirst schon sehen“, sagte Maria lächelnd.
‚Sie lassen mich zappeln‘, dachte er.

Als sie den Ort erreicht hatten, ließ sich Joachim zum Ziel dirigieren. Er las auf dem Türschild des bezeichneten Hauses: „Doktor Wirsching, Allgemeinmedizin." Sollte er sich ein Ultraschallbild ansehen? Er sah verunsichert zu Maria, die schon ausgestiegen war und die Klingel betätigte.
Endlich ging die Haustür auf. Zwei etwa 15-jährige Jungen erschienen mit voluminösen Gepäck, begrüßten jeden mit Handschlag und verstauten ihren Besitz im Kofferraum des Wagens. Dann stiegen sie wie selbstverständlich ins Auto.
„Was soll denn das?", fragte Joachim.
„Das sind unsere Zwillinge und neuen Posaunisten. Nun haben wir wieder unsere Blechblaskapelle. Heute ist der erste Probetag", erklärte Maria und lachte mit Erika um die Wette.

DIE VERTAUSCHTE BRAUT

Conrad Köhler hatte es voll erwischt. Während einer Dienstreise nach Dresden lernte er dieses wunderbare Mädchen kennen und verliebte sich sofort in sie. Nicht nur ihr Äußeres, sondern auch ihr spontanes Wesen und ihre Frohnatur faszinierten ihn.

Diesmal durfte Conrad erstmals in ihrer Wohnung übernachten. Es war früh am Morgen, doch er war schon wach, stützte seinen Kopf auf einen Arm und betrachtete sie liebevoll. Sie wurde erst munter, als die ersten Strahlen der Junisonne ihr Gesicht umkosten.

„Guten Morgen, Britta, ausgeschlafen?", fragte Conrad lächelnd.

„Ja", erwiderte sie, kuschelte sich an ihn und flüsterte: „Ich habe dich ja so lieb."

Conrad spürte, wie uneingeschränkt sie ihm vertraute, aber auch wie verletzbar sie war. ‚Diesem Mädchen darf ich niemals weh tun', schwor er sich. Er küsste ihre Brüste, ihre Wangen, knabberte an ihrem Ohrläppchen und flüsterte: „Ich werde immer bei dir bleiben."

Für Conrad war es angenehm, mit dem Zug nach Berlin zurückzureisen. So konnte er in Ruhe von Britta träumen und nachdenken. Ihr Bild hatte sich ihm fest eingeprägt: Aus ihrem ebenmäßigen Gesicht reckte sich ihre Stupsnase frech in die Höhe. Die vollen Lippen, die kleinen Ohren und die flotten braunen Locken erinnerten ihn an einen kleinen Frechdachs, der mit grünen Augen neugierig die Welt betrachtete. Britta war 19 Jahre alt und liebte klassische Musik, die Berge und Geselligkeit.

Sie passte zu ihm, dem 25-jährigen Geologen, dem Kenner des harten Gesteins, der so ein weiches Herz hatte.

Was aber würde seine Mutter sagen, bei der er noch lebte? Bei diesem Gedanken war es mit seiner Träumerei vorbei.

Conrad hatte sich nicht getäuscht und spürte Mutters Unmut, als er von Britta berichtete. Er ahnte, dass sie ihn mit Hella, der Tochter ihrer verstorbenen Freundin, verkuppeln wollte.
Um so wichtiger war ihm Brittas Besuch am kommenden Wochenende. Er bestand darauf, dass seine Mutter den Gast wenigstens freundlich empfing.
Endlich kam der Samstag und als es zweimal hupte, wusste Conrad sofort, das Britta vorzeitig gekommen war. Aufgeregt und froh stürmte er ihr entgegen, küsste sie zärtlich und schwenkte sie freudestrahlend im Kreis. „Prima, dass du schon da bist. Wie war die Fahrt?“, fragte er.
„Langweilig ohne dich. Hier, nimm die Tasche“, sagte sie und griff nach dem großen Tulpenstrauß, den sie ganz früh im Garten ihrer Eltern gepflückt hatte.
„Das ist Britta“, sagte er fröhlich zu seiner Mutter.
„Guten Tag, Frau Köhler.“
„Tach“, sagte die Mutter abweisend. Conrad hörte von ihr keinen Dank für die Tulpen, sah keinen freundlichen Blick und fühlte sich verletzt.
Auch beim Mittagessen spürte er die Abneigung seiner Mutter fast körperlich, doch wusste er, dass bald ihre Neugier über ihren stummen Protest siegen würde. Richtig, denn schon hörte er sie fragen: „Als was arbeiten denn Ihre Eltern?“
„Mein Vater ist bei einer Bank beschäftigt. Meine Mama arbeitet bei der Post.“
„So, so. Sind Sie das einzige Kind?“
„Ja, leider. Ich hätte gerne einen großen Bruder, aber nun habe ich ja Conrad“, sagte Britta naiv.
„So, so, und was machen Sie beruflich?“
„Ich bin Kauffrau.“
„So, so. Und wählen Sie auch links?“
„Nein, unsere Familie wählt immer die Mitte.“

„So, so“, sagte die Mutter fast unhörbar und schwieg dann verbiestert.
Conrad wusste, dass Brittas Antworten seiner Mutter nicht gefielen. Als sie vom Tisch aufstanden und das Geschirr in die Küche trugen, bemerkte Conrad noch immer den Blumenstrauß auf dem Tisch. Er holte eine Vase, stellte die Tulpen hinein und gab Wasser hinzu. „Mutter, du hast den schönen Strauß übersehen“, meinte er vorwurfsvoll.
Sie aber sagte nur: „So, so, hab' ich das?“ und ging aus der Küche.

Conrad und Britta ignorierten das unhöfliche Verhalten der Mutter, obwohl es sehr weh tat. Sie verlebten ein herrliches Wochenende zu zweit, doch der Sonntagabend kam schließlich, und Britta musste wieder heim.
Conrad winkte Britta noch lange nach. Als er wieder ins Zimmer kam, hörte er die etwas zitternde Stimme seiner Mutter: „Conrad, jetzt ist deine Bekanntschaft endlich fort, es gibt noch einiges zu sagen.“
„Ich höre, Mutter.“
„Sie passt nicht zu dir.“
„Und wieso nicht?“
„Erstens ist sie eine Fremde, obendrein noch eine Sächsin, und zweitens wählt sie nicht links.“
„Erstens bist auch du keine Berlinerin. Und zweitens kommt es mehr darauf an, das Herz auf dem rechten Fleck zu haben. Im übrigen wähle ich selbst seit Jahren die Mitte.“
„Wenn dein Vater noch lebte, würde er dir das austreiben. Die Solidarität des kleinen Mannes ist heute mehr denn je gefragt.“
„Meine Solidarität und meine Liebe gehören diesem Mädchen. Aber deine Gründe sind doch nur ein Vorwand. Warum lehnst du Britta wirklich ab?“
„Du solltest Hella heiraten. Auch wenn sie keine Eltern mehr hat, ihre Erziehung ist erstklassig, und Geld hat sie auch.“

„Mich interessiert nur Britta. Außerdem ist Hella schon gebunden."
„Ist sie nicht."
„So?", sagte Conrad gedehnt und blickte seiner Mutter lange in die Augen.
„Ich würde das wissen. Beende deinen Flirt mit diesem Sachsenmädchen. In vier Wochen hat Hella Geburtstag. Da wollen wir Verlobung feiern."
„Und ihr Geld anlegen", bemerkte Conrad boshaft.
„Du Undankbarer", sagte die Mutter empört.
„Schon gut. Aber über mein Leben bestimme noch immer ich."
„Conrad, das sollst du auch, aber höre doch wenigstens einmal auf meinen Rat", sagte die Mutter mahnend.
Da kam Conrad ein kühner Gedanke. „Also gut, ich denke darüber nach", sagte er schließlich und verließ die Wohnung. Die Mutter atmete auf und dachte: ‚Gott sei Dank.'

Zwei Tage nach seiner Verlobung schrieb Conrad einen Brief an seinen Freund:
„Lieber Willi,
da du leider noch in Südafrika weilst, will ich dir wenigstens von meiner Verlobung berichten, die kurios begann und unglaublich schön war. Wir feierten in einem separaten Zimmer der Lindenschenke bis morgens um 4.00 Uhr. Mutter hatte 20 Gäste eingeladen, aber ich sorgte dafür, dass für 23 Personen eingedeckt wurde. ‚Es kommen noch meine persönlichen Freunde', sagte ich.
Dann kam das Ehepaar, meine Überraschungsgäste, deren Namen niemandem etwas sagte. Nachdem sie sich gesetzt hatten, klopfte Hella plötzlich ans Glas und verkündete, dass ihr zwei Verlobte zu viel seien und sie deshalb auf mich verzichten will. Die Gäste blickten erstaunt zu mir und tuschelten, während Hella nur feixte und das fremde Ehepaar gelassen die Situation hinnahm. Meine liebe Mutter bekam

fast einen Herzinfarkt. Ich sagte zu ihr, dass ich diese Situation vorhergesehen und eine Ersatzbraut beschafft hätte. Mutter schaute mich fassungslos an. Sie wurde noch konfuser, als ich das vereinbarte Zeichen gab und die Doppeltür aufging.
Britta stand in einem wunderschönen weißen Kleid vor uns und lächelte bezaubernd. Hella eilte zu ihr und stellte sie frohgelaunt als meine Braut und das fremde Ehepaar als Brittas Eltern vor.
Du kannst dir vorstellen, welches Hallo es gab. Mutter erholte sich rasch von dem Schreck, zumal sie erfuhr, dass du der heimliche Verlobte Hellas bist. Nachdem ich meine Mutter ausgiebig mit portugiesischem Wein versorgt hatte, versprach sie, in Zukunft die Mitte zu wählen. Sie lernte noch am gleichen Abend die ersten sächsischen Worte.
Alles weitere persönlich.
Es grüßt dich alter Fliegenfänger

dein Freund Conrad.

DER SCHÜCHTERNE LIEBHABER

Gerd war für seine 16 Jahre viel zu verspielt und unreif. Zum Bedauern seiner Lehrer nutzte er seine geistigen Fähigkeiten nur für Blödsinn. Er war ein kesser Junge, doch in Gegenwart von Mädchen verklemmt und schüchtern. Gerd überwand eines Tages seine Scham und fragte seinen Freund Willi um Rat.
„Mensch, Willi, dauernd hast du ein Mädchen. Wie machst du das bloß?"
„Überlegen lächeln, scherzen und ran an die Buletten."
„Gleich an die Buletten?"
„Du verstehst Bahnhof. Bulette ist die Methode. Sprich das Mädel an, begleite sie ein Stück, lade sie ein."
„Und wenn sie nicht will?"
„Schau in ihre Augen. Wenn sie flackern, will sie."

Nach dem Gespräch war Gerd genauso schlau wie vorher. Wenn zum Beispiel die Augen seiner Mutter flackerten, setzte es meistens Hiebe.
Aber Gerd war bereit, jeden Rat anzunehmen, denn er war verliebt.
Morgen für Morgen begegnete ihm auf dem Schulweg ein schmuckes Mädchen, das vielleicht 15 Jahre alt sein mochte. Seitdem knabberte er nicht mehr an seinen Fingernägeln und festigte seine Frisur mit einem Übermaß an Pomade. Im Spiegel übte er einen männlichen Gesichtsausdruck mit Stirnfalte. So vorbereitet, sah er täglich schon von weitem, wie ihr Pferdeschwanz ihm zuzuwinken schien. Wenn sie nur noch wenige Schritte von ihm entfernt war, holte er tief Luft und zeigte ihr die Wölbung seines durchtrainierten Oberkörpers. Leider schaute sie stets gleichmütig an ihm vorbei.
Wie oft wünschte er sich einen Frontalzusammenstoß mit Berührung ihrer straffen Brüste. Natürlich würde er ihr anschließend den Inhalt ihrer Tasche einsammeln.

Aber Gerds Phantasie ging an der Wirklichkeit vorbei, und das waren immerhin zwei Meter seitlicher Abstand. Starr schaute er über sie hinweg und nahm dennoch wie ein Chamäleon jede ihrer Bewegungen wahr. Immer wieder verschob er es, sie anzusprechen.
Jeden Morgen. Zwei Wochen lang. Stets um 7.30 Uhr.

Am Montag der dritten Woche zeigte das Thermometer 20 Grad unter Null, doch Gerd verzichtete aus ästhetischen Gründen auf eine Mütze. Prompt erfror er sich die Ohren, sodass sie vom Schularzt mit schwarzer Frostsalbe behandelt werden mussten. Mit einem Kopfverband entließ ihn der Doktor.
Nun war die Not groß und Willis Rat gefragt. Gerd vertraute ihm seine geheime Liebe an.
„Das ist doch prima. Als Schwerverletzter erregst du ihre Aufmerksamkeit", sagte Willi.
„Und wenn sie mich auslacht?"
„Sag ihr, du hast eine Katze vom Dach gerettet und bist dabei gestürzt, dann achtet sie dich. Und wenn du sogar etwas rote Farbe auf den Verband tupfst, dann fließt sie vor Mitleid über."

Dieser Rat war Gerd doch zu heikel, aber am nächsten Tag wollte er sie unbedingt ansprechen.
Da sah er seine Liebe schon. Aber er traute seinen Augen nicht, denn sie war in Begleitung. Es war ein Junge, der ihre Hand hielt und ihm zugrinste.
Gerd sah noch, wie ihre Augen flackerten.
Der Junge war Willi.

DIE SEEIGELKUR

Meine neue Flamme hieß Britta und war mit ihren 38 Jahren wesentlich jünger als ich. Da sie mich nicht nur mit Haut und Haaren liebte, war mein Pensionärsdasein äußerst anstrengend. Mein Bauchspeck, aber auch meine Ersparnisse schrumpften. Eigentlich brauchte ich keine Brille, denn die Liebe machte mich blind.
Eines Tages bat Britta: „Goldlöckchen, lass uns Urlaub auf Mauritius machen."
Obwohl mich jede Anspielung auf meine wenigen Haarsträhnen verdross, konnte ich ihr nichts abschlagen.
„Einverstanden, mein Kätzchen", sagte ich zu ihr, nahm sie in meine Arme und ging mit ihr Essen. Während sie sich mit Kaviar begnügte, probierte ich Austern, die nachhaltig zur Kräftigung des Mannes beitragen sollen.

Trotz aller wohlbedachten Vorbereitungen saß ich eines Tages bekümmert am Strand von Mauritius und starrte ins Meer. Mein Kreuz, meine Knie, meine Lenden.
Da sah ich den alten indischen Händler kommen, mit dem ich mich angefreundet hatte und der gebrochen deutsch sprach.
„Wie geht's", rief er, schob seinen Strohhut ins Genick und küsste meine Wangen.
„Es könnte besser sein", erwiderte ich aufrichtig.
Er schaute mich an, schielte hinüber zu Britta und ahnte, was mich quälte.
„No Problem, ich kenne gute Medizin, tomorrow", sagte er.
„Gute Medizin? Morgen?" wiederholte ich teils erstaunt und teils erfreut, denn wer schöpft nicht wenigstens Hoffnung, wenn sein Brunnen leer ist.
„Medizin for bum, bum", sagte er, zwinkerte mir zu und schlug sich begeistert auf die Brust.

Seine drastischen Worte waren mir peinlich, aber die Aussicht auf eine mauritianische Kräftigung hob meine Stimmung.
„Tomorrow, morgen", wiederholten wir beide und feixten wie zwei ausgelassene Jungen vor einem Klingelstreich.

Am anderen Tag brachte mir mein Freund einen Eimer mit etwas Indischem Ozean, in dem ein fetter Seeigel schwamm.
„Das gute Medizin", sagte er, nahm den Seeigel aus dem Wasser und schnitt ihn bei lebendigen Leibe längs durch. Eine rötliche gallertartige Masse quoll über seine Hände. Er griff sich eine Muschelschale, schöpfte aus einer Seeigelhälfte und ließ den Inhalt genussvoll in seinen fast zahnlosen Mund fließen.
„Ist gut for bum, bum", erinnerte er mich und gab mir den restlichen Igel. Mit einem liebevollen Blick auf Britta überwand ich mich und quälte mir den Inhalt in den Magen.

Diese unangenehme Prozedur hielt ich eine Woche durch, doch ich spürte keinen Erfolg. Ganz im Gegenteil. Am siebenten Tag wurde ich endgültig misstrauisch und stellte meinen Freund zur Rede.
„Nichts bum, bum", sagte ich zu ihm und zeigte verdrießlich auf meine Hose.
„Dafür ich kennen gute Medizin, Curry namber tu hilft immer", sagte er aufmunternd zu mir.
„Was ist das?", fragte ich misstrauisch.
„Affenfleisch."
Ich war entsetzt, aber auch verärgert, denn meine seltsame Stärkung hatte ich offenbar umsonst verspeist.
„Ich denke, Seeigel ist gute Medizin für Potentia?"
„No, Seeigel ist gut for bum, bum", sagte er nur.
„Das ist doch Potentia", sagte ich verzweifelt.
„No, bum bum ist Herz."

DER TANZSCHÜLER

Werner Schön – sonst die Ruhe in Person – wartete nervös auf die S-Bahn. ‚Wenn sie doch nur ausfiele', dachte er missmutig. Plötzlich spürte er, wie ihn jemand anstarrte. Er drehte sich um und blickte in das hübsche Gesicht einer Dame, die Anfang vierzig sein mochte. Er sah, wie verlegen sie war, als sich ihre Blicke kreuzten. Werner dagegen musste sich plötzlich setzen, denn ihm wurde siedend heiß: Das Bild eines 17-jährigen Mädchens stieg mahnend in ihm auf. „Loni", murmelte er leise und dachte 27 Jahre zurück.

Obwohl Werner Schön damals schon 18 Jahre alt war, konnte er noch immer nicht tanzen. Sein Vater ignorierte jeden Gedanken an einen Kursus und meinte, es genüge, Musik in den Beinen zu haben. Aber bei Werner brummte höchstens der Kopf. Kaum hörte er die ersten Töne der Tanzkapelle, flüchtete er an die Bar, an den Tresen, in die finsterste Ecke. Er, der Bewegungsidiot, flüchtete vor sich selbst. Jeden Samstag nach dem Sport. Eines Tages zerschlug er den gordischen Knoten und wurde Tanzschüler.

Schon die erste Übungsstunde war für Werner ein Martyrium. Es begann, als er die Tanzlehrerin sagen hörte: „Die Herren wählen sich jetzt eine Dame, mit der sie bis zum Abschlussball zusammen bleiben. Bitte meine Herren."
Werner sah, wie die 15–17-jährigen Eleven kreuz und quer durcheinander stürzten. Die Mädchen wiederum flüchteten, wenn der falsche Prinz vor ihnen stand. Auch beim zweiten Startversuch blieb Werner peinlich berührt und unbeholfen stehen und wartete, was nach dem Chaos kam. Plötzlich knickste ein bildhübsches Mädchen vor ihm. Sie sagte kein Wort, stattdessen sprachen ihre fröhlich blickenden Augen, ihre tiefen Grübchen, ihre schwellenden Lippen.

Werners Lippen sprachen auch, denn sie standen vor Staunen weit auseinander. Doch dann nickte er ihr endlich zu und schloss so einen Bund mit seiner Tanzpartnerin Ilona, die er nur noch Loni nannte.

Fleißig, steifbeinig und verbissen übte er mit Loni Stunde für Stunde. Mit bescheidenem Erfolg Jede Mahnung der Tanzlehrerin verminderte sein schon geringes Selbstbewusstsein: „Bitte im Takt bleiben, Herr Schön."
„Eine Dame tritt man nicht, Herr Schön."
„Schulter unten lassen, Herr Schön."
Bei solchen Bemerkungen spürte Werner wohltuend Lonis Händedruck, die ihm dann zuflüsterte: „Wir schaffen das schon."
Eines Tages hörte er Loni nach der Übungsstunde sagen: „Mutti meint, es wäre gut, wenn du mich jetzt immer zur S-Bahn bringen würdest."
Also stolperte der verklemmte Werner neben ihr her und informierte sie ausgiebig über die Maikäferplage des letzten Jahres. Plötzlich krabbelte es in seiner Hand und er erschrak. Doch es war nur Loni, die von seinen Fingern Besitz ergriffen hatte und sie bis zum Bahnhof nicht mehr losließ.
Irritiert hörte er sie zum Abschied fragen: „Kommst du mit ins Theater? Ich habe zwei Freikarten. Bittö."
Werner spürte, wie ihre grünen Augen seine Seele nach einer Abwehrreaktion durchleuchteten. Aber bei ihrem schmollenden „Bittö" hob sich ein Vorhang, und er stimmte zu.

Werner erinnerte sich genau, wie glücklich Loni im Theater war, als sie ihn stolz ihren Mitschülerinnen vorstellte. Auch sie besaßen Freikarten, aber nicht jede hatte einen Freund. Nach dem Theater brachte er dann Loni bis zur Haustür.
„Komm bitte noch hoch, Mutti würde sich freuen", sagte sie.

„Ich muss morgen wieder um fünf Uhr aufstehen", erwiderte er. Werner wollte ihr gerade die Hand geben, als er konsterniert hörte: „Küss mich, bittö."
Wieder war es dieses „Bittö", vor dem es für Werner kein Ausweichen gab. Er fasste sich ein Herz und küsste sie zärtlich. Als sie ihre vollen Lippen auf die seinen presste, fasste er erneut und zwar ihren warmen festen Busen, wodurch er noch aufgeregter wurde.
„Heute nicht", flüsterte sie, entwand sich seinen Armen und drängte zur Haustür.
Sein Blut rauschte, aber er besann sich und gab ihr nochmals die Hand. Als er sich nach wenigen Metern umdrehte, war ihm, als wenn sich in der ersten Etage die Gardinen bewegt hätten. ‚Mutti hat zugesehen', dachte er missmutig.

Der Abschlussball stand bevor und Loni teilte Werner mit, was Mutti von ihm erwartete. Es war eine unangenehme Prozedur: Blumen kaufen, Taxi bestellen, einen Drink mit Mutti nehmen, doch endlich saßen sie zu dritt im Ballsaal. Die Tanzschüler zeigten nun ihr Programm, und da Loni rechtzeitig flüsterte: „Tango" oder „Fox", konnte Werner die Schrittfolgen wie ein dressiertes Pferd abarbeiten. So kam es, dass er eine glückliche Loni zum Tisch zurückbrachte.
Dann aber spielte das Orchester erneut, und Loni trat auf seinen Fuß. Das war das verabredete Zeichen und bedeutete: Mutti auffordern.
Leider war Mutti keine Souffleuse, sodass Werner mit ihr mehr hott als flott über das Parkett galoppierte. Kaum hatte er Mutti artig zum Tisch zurückgeführt, hörte er Loni fragen: „Na, Mutti, wie hat Werner getanzt?"
Werner ahnte nichts Gutes, da Mutti schwieg und süffisant lächelte. Sie wurde erst deutlich, als Loni kurzzeitig den Tisch verließ.

„Ich sage es gerade heraus, Herr Schön. Sie mögen sicher Ihre Fähigkeiten haben", Mutti machte eine eindrucksvolle Pause und fixierte ihn, „aber tanzen können Sie nicht."
Da schämte sich Werner. Beim Wort Fähigkeiten dachte er sofort an die Gardinen in der ersten Etage, wodurch seine Pein noch zunahm.
Endlich brachte er seine Damen nach Hause und versprach, sich bald wieder zu melden. Das Versprechen hatte er bis heute nicht gehalten. Selbst ein dreifaches „Bittö" hätte nicht geändert, dass sich sein Schneckenhaus schloss und er nicht wieder das Tanzbein schwang.

Werner schreckte hoch, denn seine S-Bahn kam. Loni – falls sie es gewesen war – sah er nicht mehr. Seufzend fuhr er bis zum Bahnhof Baumschulenweg und wartete dort auf seine Frau, die es noch einmal mit ihm versuchen wollte. Resignierend hatte er zugestimmt, aber darauf bestanden, dass seine Schwiegermutter nichts erfuhr. Heute war die erste Übungsstunde. Werner wurde wieder Tanzschüler.

FARBE BEKENNEN

Erst als ich unser Namensschild an der Wohnungstür befestigt hatte, fühlten Renate und ich uns als neue Einwohner von Bollin.
Sie schenkte mir zum Einzug ein todschickes Blouson, welches ich stolz bei unserem ersten gemeinsamen Gassenbummel trug.
An diesem schönen Junitag wunderte mich die besondere Freundlichkeit der Bolliner: Ein Polizist gestattete mir, unser schrottreifes Auto im Parkverbot abzustellen. In den Gassen grüßten uns die Passanten wie der Pförtner den Generaldirektor. Im Café am Markt war es brechend voll, doch der Chef zauberte für uns einen freien Tisch in bester Lage.
„Renate“, sagte ich zu meiner Frau, „diese Freundlichkeit ist mir unbegreiflich.“
„Genießen wir das Unbegreifliche“, erwiderte sie fröhlich.

Abends unternahmen wir noch eine Erkundungstour in die hügelige Umgebung. Die laue Luft verleitete uns, noch im Dämmerlicht durch die dünn besiedelte Landschaft zu kutschen. Irgendwann wussten wir nicht mehr genau, wohin unser Oldie rollte. Plötzlich streikte das Auto. Zum Glück entdeckte ich ganz in der Nähe ein Landhaus, an dessen Tür ich klingelte. Das Glück wurde noch größer, denn es wurde mir auch geöffnet. Ich stand einem alten Opa mit geröteten Augen gegenüber, der in der rechten Hand einen Farbpinsel hielt.
„Entschuldigen Sie bitte die späte Störung, unser Auto streikt. Dürfte ich bei Ihnen telefonieren?“, fragte ich.
„Das dürfen Sie. Besser ist aber, Sie lassen Ihren Wagen stehen und nehmen ein Taxi. In 300 Meter Entfernung ist eine Werkstatt. Da können Sie morgen Ihr Fahrzeug reparieren lassen.“

„Und wo ist der Taxistand?“
„Gegenüber der Werkstatt, immer die Straße hinunter“, sagte er. Plötzlich betrachtete mich der Alte genauer und lächelte. Dann drückte er mir kräftig die Hand und drängte mich in einen zum Hof gelegenen, fast leeren Raum.
„Kommen Sie nur, Sie werden gleich verstehen“, sagte er beschwichtigend zu mir, als er meine abwehrende Haltung bemerkte.
Das diffuse Licht einer verschmutzten Glühbirne und ein schwacher Mondstrahl beleuchteten das einzige Inventar, einen lilagefärbten Sarg, der auf einem Bockgerüst stand. Verwundert las ich die gleichlautende Aufschrift auf beiden Längsseiten: Berta erwache 1880 – ?
Lag sie im Koma? Wenn sie noch lebte, musste sie der älteste Mensch dieser Erde sein.
„Wie finden Sie den Text? Ist die Idee nicht vortrefflich?“, fragte mich der Alte und kicherte so unnatürlich, dass es schaurig durch den Raum hallte. Irgendwo in der Nähe heulte ein Hund. Der Alte zauberte eine Schnapsflasche hervor, grinste vertraulich und brabbelte: „Trinken wir gemeinsam auf Berta.“
Meine anfängliche Neugier auf die alte Dame erlosch plötzlich, und ich fühlte stattdessen ein zunehmendes Grausen. Ich hatte nur noch das Bedürfnis, schnellstens das Haus zu verlassen. „Danke für die Information“, sagte ich hastig und rannte in Panik zu unserem Auto zurück.
Ich fiel wie tot auf den Fahrersitz und zitterte am ganzen Leib. „Was hast du?“, fragte Renate.
Ich schilderte ihr aufgewühlt mein Erlebnis. Als ich mich ein wenig beruhigt hatte, beschlossen wir, dem Rat des Alten zu folgen. Wir verschlossen das Auto und eilten die Straße abwärts.
Glücklicherweise kam uns ein leeres Taxi entgegen, das uns schnell nach Hause brachte. Als wir ausstiegen, las ich auf

der Beifahrertür: Berta erwache. Die Türen waren lila gespritzt. Mir war, als wenn ich aus einem Sarg ausstieg.

Am anderen Tag ließ ich mich mit einem Taxi zur Werkstatt bringen. Ich bat den Meister, sich mein Auto anzusehen. Schnell stellte er fest, dass der Tank leer war. Dieses Malheur behob er sofort, so dass ich wieder mit unserer Klapperkiste zurückfahren konnte. Da die Altstadt gesperrt war, ging ich zu Fuß zum Markt, wo ich mich mit Renate verabredet hatte. Nur mit Mühe fand ich sie, denn auf dem Platz hatten sich vielleicht 500 Menschen zu einer Demonstration versammelt.
Inmitten der Menschenmenge entdeckte ich plötzlich den alten Opa von gestern Nacht. Er trug den mir bekannten lila Sarg mit fünf anderen Männern und bog gerade in eine Seitenstraße ein. Die Demonstranten auf dem Marktplatz folgten ihnen und skandierten: Berta erwache.
Vom Straßenrand jubelte die Menge und klatschte Beifall. Ich blieb mit Ursula stehen und versuchte, den Zweck der Demonstration zu erraten. Mein Nebenmann puffte mich ungewollt in die Seiten.
„Entschuldigen Sie“, sagte er zu mir und lärmte weiter.
„Im Gegenteil, entschuldigen Sie bitte“, erwiderte ich.
„Wieso? Was soll ich entschuldigen?“
„Meine Frage. Wer ist Berta?“
„Sie wissen es nicht und tragen unser Symbol? Berta BSC 1880 ist unser Fußballclub und Traditionsverein. Ausgerechnet den wollen die Neureichen von ‚Eintracht‘ schlucken. Einem Bündnis mit denen werden wir nie zustimmen.“
„Aha“, sagte ich nur und musterte den jungen Mann genauer. Da ging mir langsam ein Licht auf.

„Renate, wo hast du mein Blouson gekauft?“, fragte ich.
„Im Sportshaus am Markt. Gefällt es dir nicht?“

„Doch, doch, aber schau dir die Farbe an und die Aufschrift."
Renate las, ohne zu begreifen: „Berta BSC 1880" und fragte: „Und was soll damit sein?"
„Der junge Mann, die meisten Demonstranten und ich haben das gleiche lila Blouson. Diese Farben symbolisieren den Verein."
Ich merkte, wie die Tomaten auf ihren Augen immer kleiner wurden. Wir blickten verstehend auf die Menge und das lila Meer der Fahnen, Blousons und Mützen. Ich war mir sicher, dass auch Renate an den lila Sarg, das lila Taxi, an das Café und die vertraulichen Grüße vieler Passanten dachte.
„Übrigens, Renate", sagte ich, „das Dach unseres Auto ist auch lila."

GEHEIMNISVOLLE NACHTKERZEN

Eduard hatte die Statur eines Sancho Pansa, aber auch seine Gutmütigkeit und Naivität erinnerten an das literarische Vorbild. Eduard allerdings diente nicht einem edlen Ritter, sondern seiner Frau Elke.
An einem Dienstag kam er von Rheuma geplagt aus dem Büro, doch statt Elke fand er nur einen Zettel. Aufmerksam las er die in Hast gekritzelte Notiz: „Muss dringend zu Mama. Besorge bitte zweimal Nachtkerzen. Du weißt schon. Küsschen. Deine Elke."
Eduard duschte, rieb sich mit dem letzten Rest seiner Salbe den schmerzenden Nacken ein und dachte nach. Aber so sehr er überlegte, er wusste nicht, was Elke mit den Nachtkerzen meinte.

Fest entschlossen, Elke nicht zu enttäuschen, eilte Eduard in die Innenstadt. Sein Verstand sagte ihm, dass er zuerst in einer Fachdrogerie nachfragen sollte. Bald stand er einem älteren, verständnisvollen Verkäufer gegenüber, der grüßend den Kopf neigte.
„Guten Tag, ich möchte Nachtkerzen", sagte Eduard.
„Sie meinen Kerzen für intime Stunden?"
„Es sollen Nachtkerzen sein."
„Also Kerzen für die Nacht. Nun hier haben wir ein Angebot in rosa, mit Schleifchen und der Duftnote ‚Jasmin'."
„Haben Sie noch etwas Exklusiveres?"
„Leider nicht. Das Besondere finden Sie nur im Erotikcenter."
Eduard war dankbar, dass der Verkäufer bei seinen letzten Worten die Stimme gesenkt hatte.„Ich denke darüber nach", sagte er noch und verließ verunsichert das Geschäft.

Eduard kannte das Erotikcenter, denn er hatte es schon zweimal persönlich inspiziert. Unsicher stand er bald in der

Abteilung ,Hilfsmittel' und starrte in die Vitrine. Plötzlich sah er, wie eine junge Frau auf ihn zukam und hörte ihre fast gleichgültige Stimme: „Kann ich Ihnen helfen? Worum geht's denn?"

„Ich möchte eine Nachtkerze."

„So, so."

„Eigentlich sollen es zwei sein."

Eduard fühlte die zweifelnden Blicke der Verkäuferin, die offenbar prüfte, ob er sie verulken wollte und erklärte deshalb: „Meine Frau wünscht, dass ich zwei Nachtkerzen kaufe."

„Nun sie meint sicherlich Blumen. Auf der anderen Straßenseite ist ein großer Laden. Probieren Sie es dort einmal."

Hastig eilte Eduard auf die Straße und atmete tief durch.

Wenig später stand er in dem riesigen Blumenladen einem jungen Mann gegenüber. Er war offenbar der Chef.

„Guten Tag. Ich möchte Nachtkerzen. Zweimal."

„Meinen Sie die Gemeine Nachtkerze aus der Familie der Onagraceae?"

„Oma kratz ... Ich glaube schon."

„Die mit den gelben Blüten oder eine Unterart?"

„Nichts unteres. Meine Frau soll sich freuen."

„Sollen es zweijährige oder Jungpflanzen sein?"

„Eigentlich liegt da ja nur ein Jahr dazwischen. Aber etwas kräftig sollen sie schon sein."

„Ich biete Ihnen die Gemeine Nachtkerze als Altexemplar an. 1,20 Meter hoch, gelbe Blüten, zwei Stück, mit Blumendünger und Bodentemperaturfühler inklusive."

„Ausgezeichnet."

„Das kostet 30,00 Euro pro Stück."

„Um Gottes Willen, soviel habe ich nicht bei mir."

„Um so besser. Wir haben sie nämlich nicht vorrätig. Sie können sie aber bestellen."

„Ja, bitte."

Und Eduard bestellte zwei Altpflanzen, in Zellophan verpackt, mit braun gemustertem Übertopf, mit Anfuhr in einem temperierten Lieferauto und Montage auf dem Fensterbrett.
Erleichtert verließ er den Laden.

Als Eduard nach Hause kam, war seine Elke schon da. Das erste, was Eduard hörte, war ihre Frage: „Hast du den Einkauf erledigt?“
„Natürlich. Morgen ist die Anlieferung.“
„Was, du lässt die beiden Dosen anliefern?“
„Was für Dosen?“
„Na, dein Rheumamittel. Du brauchst doch wieder Nachtkerzensalbe.“

DER TON MACHT DIE POTENZ

Karl und Gusti Löwe saßen auf der Steinbank ihres Bauernhofes und stritten wie so oft.
„Gusti, ich bleibe hier", sagte Karl bockig.
„Aber der Reisegutschein ist unser Geschenk zur Silberhochzeit."
„Ein junger Bulle wäre mir lieber."
„Wir können jetzt die Kinder nicht enttäuschen und ablehnen."
„Und schaffen sie den Hof alleine? Die Hühner legen schlecht."
„Sie schaffen es. Und Hühner sind keine Automaten."
„Die Stiere sind faul."
„Du auch, und deshalb fliegen wir nach Gran Canaria." Diesem unerwarteten Argument war Karl nicht mehr gewachsen.

Die Reisestrapazen waren für sie ungewohnt, sodass sie wie tot in ihre Hotelbetten fielen. Als Karl irgendwann in der Nacht rhythmische Geräusche hörte, träumte er gerade von Frida, seiner besten Milchkuh. Schließlich öffnete er die Augen, blinzelte kurz und schüttelte sein Weib.
„Gusti, wach auf", rief er.
„Was ist, Karl?", fragte sie im Halbschlaf.
„Hörst du nicht, die Kühe stampfen."
„Unsinn, wir sind in einem Hotel."
Sie lauschten angestrengt, ohne das Rätsel zu lösen. Schließlich schlüpfte Karl in Morgenmantel und Filzlatschen und eilte zur Rezeption. Wie erstaunte er, als er sah, wie ein Angestellter rhythmisch in die Hände klatschte.
„Was tun Sie da, wo kommt der Spektakel her?", fragte er erstaunt.
„Das ist Technomusik", sagte der Angesprochene und zeigte auf die Disco, die gegenüber ihrem Hotel lag. Karl war verwirrt, denn außer dem Brüllen des Viehs kannte er kaum Lärm.

Als er im Rhythmus der Technomusik ins Zimmer zurück tänzelte, staunte er über seine Lust, sich an Gusti zu schmiegen.

Am nächsten Tag ruhten Karl und Gusti am hoteleigenen Strand. Sie lauschten entspannt dem gleichmäßigen Plätschern der Wellen. Die Wärme im Januar war göttlich. Plötzlich glaubte Karl, es hätte ihn versehentlich ein Zuchteber getreten. Es war aber lediglich ein Animateur, der teilweise auf seinem Bein stand und gleichzeitig in sein Ohr pfiff. Karl sprang sofort auf und stand stramm. Der junge Mann schrie herzzerreißend: „Gymnastik."
Ehe Karl auch nur ahnte, was das sollte, eilte der Störenfried schon zum nächsten Faulenzer. Das war ein Grunzen, Stöhnen und Fluchen, denn kaum jemand ließ sich gerne in seiner Ruhe stören.
Täglich mussten sie nun diese Pfeiferei über sich ergehen lassen, die aber eine ganz erstaunliche Nebenwirkung bei Gusti erzeugte: Ihr träger Darm wurde endlich aktiviert.

Nach kurzer Zeit der Eingewöhnung gönnte sich das Silberpaar eine abendliche Schifffahrt. Das Meer schimmerte bezaubernd im Mondlicht. Die Passagiere redeten fröhlich durcheinander, waren albern und ausgelassen. Plötzlich fiel Karl vor Schreck die Tabakspfeife zu Boden. Ein Schiffsunglück, war sein erster Gedanke.
„Was ist das?", fragte er entsetzt den Kapitän, der gleichmütig das Steuerruder betätigte. Der Schiffsführer schien taub zu sein, und Karl wiederholte laut rufend seine Frage.
„Das ist Techno", lautete die Antwort des Kapitäns, die dieser Karl ins Ohr schrie. Da war unser Silberpaar tief beruhigt.
Gerade versuchten Gusti und Karl, Technomusik als Glück zu empfinden, da hörten sie einen Angstschrei: „Kapitän, Haie."
„Keine Angst, das sind Delphine. Sie lieben Technomusik und vermehren sich seitdem unglaublich."

Lange dachten Karl und Gusti über die Segnungen der modernen Musik nach.
Ihr Urlaub ging zu Ende. Die Reisekasse war leer, aber ihre Köpfe voller Ideen. Sie beschlossen, ihre neuesten Erfahrungen auf ihrem Hof auszuprobieren.
Ihre drei Hähne hörten nun jeden Morgen Technomusik und wurden sofort aktiv. Welch ein Gegacker gab es. Und abends wurde der Darm des Federviehs mittels Pfiffen aus zwei Trillerpfeifen trainiert. Das Ergebnis war sensationell, denn so große Eier hatten die Hühner noch nie gelegt. Auch die beiden Bullen wurden beschallt. Sie erlebten ihren dritten Frühling und sorgten für viele muntere und kräftige Jungtiere.

Dem Großhändler fielen bald die ungewöhnlich voluminösen Eier auf. Er staunte ebenfalls über die prächtigen Kälbchen. Er stutzte, er wunderte sich und behielt schließlich seine Beobachtungen nicht für sich.
Der ‚Landbote' berichtete als erste Zeitung über die erstaunlichen Resultate auf dem Bauernhof Löwe.
Bald kamen aus dem Landwirtschaftsministerium die ersten Anfragen. Fünf Arbeitskreise tagten. Danach beschloss die Regierung, für drei Millionen Euro Trillerpfeifen von den Osterinseln zu importieren und Arbeitslose mit Kofferradio und Verstärker in ausgewählte Zuchtanstalten zu entsenden. Um die Kosten auszugleichen, wurde der Verteidigungsetat um einen halben Panzer gekürzt.
In einem Großversuch wird die Love-Parade nun auch durch den Berliner Zoo geführt. Vielleicht können auf diese Weise seltene Tierarten vom Aussterben bewahrt werden.

Allerdings gibt es schon das erste Opfer infolge von Nebenwirkungen, denn Karl ist schwerhörig geworden und spürt dadurch den Segen der Technomusik nicht mehr: Er hat seine Potenz verloren.

TINTE, TOD UND TAUSEND TRÄNEN

Frau Böll nahm neugierig das übergroße Paket entgegen, welches für ihren Sohn Norbert bestimmt war. Der Absender alarmierte sie, denn sie las den Namen einer ihr fremden Frau. Und ihr Sohn war immerhin noch ledig. Ihre übergroße Neugier verleitete sie, die Sendung zu öffnen. Auf einem altmodischen schwarzen Anzug lag ein großer Umschlag. Er war verschlossen und in Druckbuchstaben mit roter Tinte beschriftet. Die Witwe starrte auf die drei Worte: ‚Heirate oder stirb'.

Die Angst lähmte Frau Böll. Erpressung, war ihr erster Gedanke. Was tun? Zur Polizei gehen? Abwarten? Sie stellte das Paket zitternd vor Norberts Tür, denn ihr Sohn, ein Student, schlief noch. Sie entschloss sich, Doktor Feige aufzusuchen. Er war der Anwalt ihres Mannes gewesen. Sie wurde sofort zu ihm vorgelassen. Der Anwalt sagte nach reiflichem Überlegen: „So, wie Sie mir den Fall schildern, liebe Frau Böll, rate ich Ihnen dringend, mit ihrem Sohn zur Polizei zu gehen."
„Mein Sohn wird mit mir schimpfen, weil ich wieder neugierig war und vielleicht schwarz sehe. Er ist deshalb schon einmal ausgezogen. Ich will ihn nicht verlieren", sagte weinend Frau Böll.
„Ich verstehe. Also lassen wir vorerst das mit der Polizei, und ich werde nur tätig, wenn Sie mich anrufen. Und wegen der Kosten, liebe Frau Böll, machen Sie sich da keine Sorgen. Ich bin es Ihrem Mann schuldig."
„Danke, Herr Doktor Feige." Frau Böll eilte erleichtert nach Hause.

Sie bemerkte sofort, dass das Paket vor Norberts Tür verschwunden war. Dafür hörte sie erregte Stimmen aus seinem Zimmer. Frau Böll lauschte.

„Ich werde dich nie heiraten, nie!" rief laut ihr Sohn.
„Aber es ist dein Kind, und du hast mir geschworen ..."
„Ich habe nicht geschworen, deine ganze Sippe mitzuheiraten."
„Überlege es dir. Es gibt keine andere Wahl. Sonst wird dich mein Bruder ..." Die Frauenstimme war plötzlich nicht mehr zu hören.
‚Ermorden', ergänzte die entsetzte Witwe für sich. Auf dem Umschlag stand es. Zitternd schlich sie ins Schlafzimmer zum Telefon. Flüsternd informierte sie Doktor Feige vom eben Gehörten. Er versprach, sofort zu kommen.

Als Frau Böll zurückhuschte, war es still in Norberts Zimmer. ‚Hoffentlich hat sie ihn nicht vergiftet', dachte sie. Da klingelte es endlich, und Doktor Feige stand vor der Tür.
„Guten Tag, Frau Böll, darf ich hereinkommen?"
„Bitte", sagte Frau Böll aufgeregt, „nehmen Sie Platz, ich werde meinen Sohn sofort herbitten."
Sie klopfte an die Zimmertür. „Norbert, es ist Besuch da. Könntest du bitte einmal kommen?" Ihre Stimme zitterte.
Norbert trug ein weißes Hemd mit roter Fliege und einen altmodischen schwarzen Anzug. Er hatte Filzlatschen an.
„Was gibt es denn?", fragte der Sohn stirnrunzelnd, als er den Besuch sah.
Frau Böll bat Herrn Feige durch Nicken, dass er antworten möge.
„Herr Böll, ihre Mutter macht sich die größten Sorgen."
„Meine Mutter? Mama, warum sprichst du nicht selbst mit mir?"
„Ich habe nur noch Angst, seit das Paket heute ..."
„Das Paket? Was soll damit sein?", fragte Norbert gelassen.
„Junge, du weißt, die Drohung!" rief Frau Böll unter Tränen.
„Ich verstehe gar nichts."
„Na, heirate oder stirb." Diese Worte hauchte Frau Böll nur.
Norbert ging langsam ein Licht auf. „Ach deswegen", sagte er

gedehnt. „Und du hast wieder gelauscht, Mama. Wir haben es bemerkt.“ Sie senkte den Kopf und schluchzte. Sie nahm nur im Unterbewusstsein zur Kenntnis, dass Norbert zufällig aus dem Fenster schaute und zusammenzuckte. Sie wusste nicht, dass er einen Polizisten vor der Haustür bemerkte und sich den Grund seiner Anwesenheit zusammenreimte. Norbert sprach deshalb aggressiv: „Herr Dr. Feige, Sie haben meine Mutter darin bestärkt, dass ich mich in Gefahr befinde. Außerdem ist der Polizist vor der Haustür vollkommen überflüssig. Sie werden dafür heiraten, ich meine büßen.“
„Erlauben Sie mal.“ Die Mutter merkte, wie irritiert der Anwalt auf Norberts Vorwürfe reagierte.
„Doktor Feige“, sprach ihr Sohn weiter, „Sie haben aus dem mir heute früh gelieferten Textbuch ein Verbrechen konstruiert. Ich verlange, dass Sie unser Studententheater unterstützen und für unsere Aufführung ‚Heirate oder stirb‘ zehn Karten erwerben. Meine Kommilitonin, die in meinem Zimmer auf mich wartet, und ich spielen die Hauptrollen. Wir proben gerade. In vier Wochen ist Premiere“.

Die Mutter küsste ihren Sohn, pustete glücklich ein paar Stäubchen von seinem Anzug und richtete seine Fliege.
Doktor Feige kaufte 20 Billets.
Der Polizist vor der Haustür bat später um zwei Freikarten.

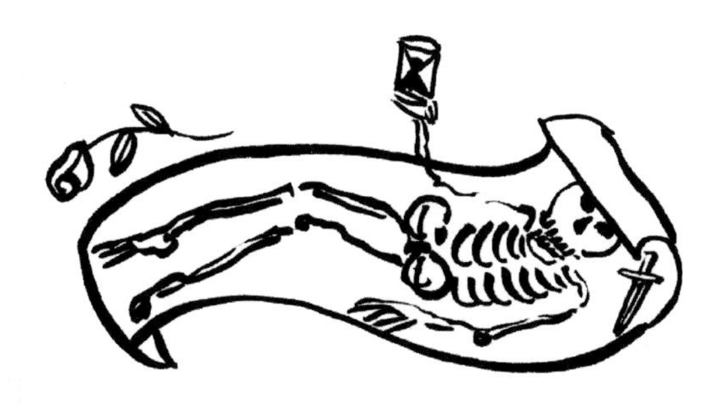

EIN BISSIGES PROBLEM

Als Siegfried vom Zeitungsstand kam, sah er Felix mit seinem Terrier. Siegfried wusste, dass sein Freund gerade Rentner geworden und seine Frau nebst Hund sein „zwein" und alles war.
„Hallo, Felix", grüßte er und ließ sich vom Hund Pfötchen geben.
„Morgen, Siegfried. Noch acht Wochen bis zu deinem Vorruhestand."
„Ich weiß."
„Du wirst dich langweilen."
„Ich zähle dann die Schäfchenwolken."
„Wenn welche da sind. Mach' es so wie ich: Schaff' dir eine niedliche kleine Freundin an."
„Mensch Felix", sagte staunend Siegfried.
„Ich meine, eine Freundin wie Peggy, einen Hund."

Siegfried, groß und etwas kräftig, hatte noch kein graues Haar. Sein Gesicht war fast faltenlos. Wie sechzig sah er eigentlich nicht aus. Auch seine Frau Gisela war noch rank und schlank, aber der jahrelange Ärger wegen Siegfrieds Faulheit und Unordnung hatte an ihren Nerven gezehrt. Beide saßen auf dem Balkon ihrer Wohnung und tranken Kaffee.
„Gisela, bald bin ich für immer zu Hause."
„Ach, ich armes Weib."
„Wir werden viel Zeit füreinander haben."
„Hoffentlich hilfst du mir dann endlich im Haushalt."
„Natürlich, aber es bleibt trotzdem noch Zeit für ..."
Er zögerte.
„Viel Zeit wofür?" Jetzt wurde sie hellhörig.
„Wir werden uns einen Hund anschaffen." Jetzt war es heraus.
„Bei dir piept's wohl", rief sie und stand empört auf.
Er folgte ihr in die Küche und faltete sein Ohr, ein Zeichen, dass er sehr aufgeregt war.

„Felix hat so einen kleinen weißen Terrier, der wäre richtig für uns."
„Hunde haben Flöhe."
„Und in deiner botanischen Ecke sonnen sich die Blattläuse."
„Übertreibe nicht. Ich nehme nur etwas Spray, und alles ist in Ordnung. Willst du das mit deinem Köter ...?"
„Du meinst mit unserem Hund? Der wird gebadet."
„Täglich? Ein Vorbild bist du da nicht gerade", erwiderte sie vorwurfsvoll.
„Ich will dem Hund kein Vorbild sein – auch wenn ich manchmal knurre. Außerdem haben Doktors auch einen Hund."
„Ja, einen Pudel, und das Fell ist hygienisch kurz. Ein Terrier dagegen ist der reinste Handfeger."
„Ein reiner Handfeger ist immer sauber", sagte er grinsend.
„Und hast du auch an die Kosten gedacht? Steuern, Tierarzt, Futter, Maulkorb – das alles will bezahlt werden." Gisela blieb hart.
„Ach, das Geld. Denk doch einmal an die Freude, die ein Tier bereitet. Felix sagt auch ..."
„Was Felix sagt, ist mir wurscht. In meine Wohnung kommt kein ..."
„Erstens ist es auch meine Wohnung und zweitens ..."
„Und zweitens? Ist dir ein Hund lieber als deine Frau?"
„Er ist weniger anstrengend, kauft nicht dauernd Schuhe und lässt meinen Rotwein stehen."
„Der Hund kümmert sich auch nicht um den Haushalt."
„Ich will einen Hund." Siegfrieds linkes Ohr war stark gerötet und im Knickbereich weiß.
„Und ich einen einsichtigen Mann", Giselas Lippen bebten. Die Fronten hatten sich verhärtet. Siegfried hörte, wie Gisela anschließend mit ihrer zwanzigjährigen Tochter Silvia telefonierte und um Unterstützung gegen einen angeblich durchgeknallten Vater bat. Als Antwort studierte Siegfried verbiestert „Brehms Tierleben", Stichwort Hund.

Als das Telefon am Abend klingelte, nahm Siegfried den Hörer ab und hörte die Stimme seiner Tochter: „Vati, Mutti sagt, du willst dir einen Hund anschaffen. Super."
„Du bist nicht dagegen?"
„Wie sollte ich. Es ist einfach toll. Weißt du noch, wie ich als Kind Napoleon geküsst habe?"
„Napoleon?"
„Ja, Nachbars Dackel. Der hatte dann Angst und floh um sein Leben."
„Ach ja, ich erinnere mich ..., und Mutti hat getobt."
„Und ich bin nicht gestorben. Es war affengeil."
„Mensch, Silvia, ich dachte du und Mutti ..."
„Wo denkst du hin. Und dein Enkel wird sich freuen. Total Spitze."
„Würdest du auch, wenn wir wieder nach Rom fliegen, den ...?"
„Na klar, nehme ich den Hund. Aber euer Auto darf ich dann auch fahren, ja, Vati? Ich sag auch nie wieder affengeil."
„Wer auf den Hund kommt, ist doch kein Rabenvater, Silvia."
„Du bist affengeil."

Während des Joggens im Stadtwald dachte Siegfried an die Gespräche mit Gisela und seiner Tochter. Was sollte er tun? Die Entscheidung nahm ihm ein Hund ab, der plötzlich seinen Weg kreuzte und ihn kräftig in die Wade biss.

EIN BLICK INS BUCH UND DREI INS LEBEN

Die Besuche bei Renate und Rainer waren für mich stets doppelte Freude, denn erstens sind beide herzensgute Menschen und zweitens verwöhnen sie mich immer mit Thüringer Klößen.
Diesmal allerdings wurde ich geschockt. Als Renate die Wohnungstür öffnete, blickte sie mich aus rotgeweinten Augen an.
„Was ist denn, Renate? Ist etwas mit Rainer?", fragte ich ängstlich, denn dieser arbeitete als Dachdecker oft ohne Gerüst.
„Nein, nein, er kommt gleich von der Arbeit, aber es ist etwas Schlimmes passiert. Mein Herd ist kaputt."

Ein normaler Mensch vergießt über solch ein Ereignis keine Träne, aber Renate war ja eine außergewöhnliche Köchin und der Herd ihre Seele. Als ich in die Küche kam, sah ich sogleich die vielen Kuchen, die mich sehr erwärmt hätten, wären sie nicht kalt und ungebacken gewesen. Erhitzt war nur Renate, die mich tränenreich über ihre Fehlersuche informierte. Ich, der begnadete Theoretiker, erhielt allerdings von ihr keinen Auftrag zur Abhilfe, denn ich hatte ihr schon einmal eine Uhr halbiert. Sie gestattete mir aber, den Herd zu öffnen, was sie offenbar gleich bereute, denn sie faltete die Hände und blickte zur tapezierten Decke. Der Herr dort oben erhörte sie offensichtlich, denn ich entdeckte sofort den Kippschalter, der auf ‚aus' gestellt war. Nachdem ich ihn um 90 Grad gedreht hatte, war ich für Renate der fähigste Ingenieur, der je ihre Küchenschwelle übertreten hatte.
Plötzlich klingelte das Telefon, und ich wurde unfreiwillig Zuhörer des Telefonats mit Frau Beierlein: „Denke dir, da kommt unser Besuch und findet den Fehler sofort."

Dann redete offenbar Frau Beierlein, denn Renate nickte mehrfach. Schließlich sagte sie: „Ja, natürlich bekommst du gleich deinen Kuchen."
Wieder schwieg sie einen Moment, doch dann rief sie überschwänglich: „Computer defekt? Kein Problem. Unser Besuch hilft dir bestimmt."
Ich wusste nicht, wie mir geschah, denn wenig später wurde ich in das Arbeitszimmer von Beierleins geschoben. Vollkommen ahnungslos stand ich nun vor dem Computer und überlegte krampfhaft, wie ich meinen guten Namen retten konnte, auch wenn er nur ‚unser Besuch' lautete. Ich ging nach rechts, ich ging nach links und kroch schließlich einmal um den Versager herum. Es war sozusagen eine Einkreisung, bei der mir ein Gedanke kam. Und richtig, der Stecker war gezogen. Wenig später erklang ein zweistimmiger Jubelschrei, bei dem Beierleins Katze den Stores hochschoss, von dort auf den Schrank sprang und verschreckt zu uns herunteräugte.
Endlich kam Rainer, der ein frommer Mann war und ist. Als Beherrscher der Technik wurde ich festlich bewirtet und erneut der Herr gelobt, der mich zum richtigen Moment zu Besuch geschickt hatte.

Am anderen Morgen schritt ich – noch immer stolz – zum Auto. Obwohl ich den Zündschlüssel drehte, sprang der Motor nicht an. Ich öffnete die Haube und suchte verzweifelt, aber ich fand weder Kippschalter noch Steckdose.

ZWEIFACHER LUTZ UND DREIFACHE PYRAMIDE

Wenn der Advent nahte, baute der große Lutz die Pyramide auf, und sein Sohn – der kleine Lutz – half ihm dabei. Diesmal waren die Spuren des Vorjahres nicht zu übersehen: Einem Schaf fehlte ein Bein und zwei Engeln die Flügel. Der große Lutz seufzte, denn er war handwerklich nicht sehr begabt.
„Ich habe einen Vorschlag, Lutz“, sagte er zu seinem Sohn.
„Ja, Vati?“
„Wir kaufen eine neue Pyramide.“

Am Samstag vor dem ersten Advent stand sie auf dem kleinen Holztisch. Die Engel, die Schafherde und der Hirte warteten geduldig auf die ersten Umdrehungen. Der große Lutz war gespannt, was seine Isolde sagen würde, die jeden Moment von ihrer Kur kommen musste.
Allerdings gab es eine Frage, die der große Lutz fürchtete wie der Nikolaus den tauenden Schnee, und sie kam prompt: „Vati, warum dreht sich die Pyramide nicht?“
„Das haben wir gleich“, meinte der große Lutz, der ein guter Ingenieur war. Erst ölte er den Drehpunkt nebst Tischdecke, dann brachte er mit Bierdeckeln den Unterbau in die Waage, schließlich variierte er noch die Kerzenlänge. Als alles nichts half, packte er die Pyramide ein, brachte sie ins Auto und sagte nur: „Hol sie der Teufel.“ Am Nachmittag wollte er das Ärgernis umtauschen.

Zehn Minuten später klingelte es. Es war Isolde, der gute Geist und Arbeitsengel der Familie. Der große Lutz sah, wie der Taxifahrer zwei Koffer und einen großen Karton vor ihrer Wohnungstür abstellte und hörte seine Isolde fragen: „Ratet einmal, was ich uns mitgebracht habe?“

„Ja, was denn?“
„Eine Pyramide aus dem Erzgebirge.“
Der große und der kleine Lutz staunten nicht schlecht und freuten sich, als später auch der Probelauf erfolgreich war. Der große Lutz seufzte, denn er dachte an seine missglückten Versuche. Unter einem Vorwand fuhr er in die Stadt, um sein Exemplar wieder loszuwerden, was ihm – dem begnadeten Redner – problemlos gelang.
Als er wieder die Wohnungstür öffnete, stürzte ihm der kleine Lutz entgegen: „Vati, ich habe Mutti von unserer Pyramide erzählt“, hörte er ihn sagen.
„So, so, nun, ich habe sie wieder verkauft.“
„Mutti auch. An unsere Nachbarin.“

Da wurde nun wieder die gute alte Pyramide aufgebaut. Und der große Lutz fragte sich, warum denn Engel unbedingt Flügel haben müssen. Zufrieden registrierte er, dass das dreibeinige Schaf genau so schnell lief wie das vierbeinige und dass die Augen seiner Frau und die des kleinen Lutz zufrieden glänzten.

EVELYNS PLÜSCHSOFA

Evelyn war schon im Sandkasten eine empfindliche Seele gewesen, aber was ihr als Frau und Mutter passierte, schockte auch mich.
Sie war meine Nachbarin und lebte seit dem Tode ihres Mannes mit ihrer Tochter Sabine allein. In unseren Freundschaftsbund wurde später auch meine Frau einbezogen, doch seltsamerweise blieb ich Evelyns einziger Vertrauter. Vielleicht, weil wir beide Aquarelle malten und für Telemann schwärmten.
Eines Tages stand sie mit geröteten Wangen vor unserer Tür: „Erich, ich brauche deinen Rat. Kommst du zu mir rüber?" Ihre Augen glänzten.
„Natürlich. Wo brennt's denn?"
„In meiner Seele."

Ich ließ mich auf ihr Plüschsofa nieder und rührte abwartend in meinem Kaffee.
„Erich, ich bin 43 Jahre alt", sagte sie zaghaft.
„Und immer lebensfroh."
„Da bin ich mir gar nicht so sicher. Sag – wir kennen uns schon seit Ewigkeiten – bin ich noch ein wenig attraktiv?"
Auf diese Frage war ich nicht vorbereitet. Sie schaute mich mit ihren großen dunkelbraunen Augen traurig an. Sie war brünett und hatte ein feines schmales Gesicht.
„Erich, stier mich nicht so an. Sag lieber etwas."
„Du bist sogar sehr attraktiv", sagte ich wahrheitsgemäß.
„Wirklich? Erich, ich möchte wieder mit einem niveauvollen Mann zusammenleben."
„Den findest du doch bestimmt."
„Aber wird Sabine eine neue Beziehung akzeptieren?"
„Evelyn, sie ist fast achtzehn und nimmt auf dich, wie ich weiß, wenig Rücksicht. Außerdem ist das doch dein Leben."

„Ich möchte abends nicht mehr allein sein. Ich möchte kuscheln. Ich möchte ..."
„Ich verstehe dich Evelyn", unterbrach ich sie und drückte ihr beide Hände.
„Danke, Erich", sagte sie und wechselte das Thema.

Eine Woche später bat ich Evelyn, bei ihr fernsehen zu dürfen. Unser Apparat war defekt, und ein für mich interessantes Länderspiel wurde übertragen. Sie gab mir ihre Wohnungsschlüssel, denn sie wollte noch einkaufen.
Ich hatte geduscht, lümmelte im Bademantel auf ihrem Plüschsofa und hoffte auf das 1:0 für Deutschland. Plötzlich hatte ich das Gefühl, nicht mehr allein zu sein. Ich drehte den Kopf und blickte in ein verkniffenes Gesicht, das durch den Türspalt lugte. Die blauen Augen des Mannes blitzten mich wütend, fast feindlich, an.
„Guten Tag. Ich bin der Nachbar. Weniger", sagte ich erklärend.
Statt einer Antwort fiel die Wohnzimmertür lautstark ins Schloss. Irgendwie fühlte ich mich unwohl, schlüpfte in meine Latschen und flüchtete in unsere Wohnung.

Am anderen Tag bat mich Evelyn wieder in ihr Wohnzimmer.
„Erich, mir ist das peinlich, was dir gestern passierte."
„War das deine neueste Eroberung? Er hätte ja wenigsten meinen Gruß erwidern können."
Sie nickte und sagte: „Er ist sehr eigenwillig, grundlos eifersüchtig und vergisst sich im Zorn."
„Evelyn, ich habe nichts gegen den Mann, aber ..."
„Sprich nicht weiter. Ich weiß, was du sagen willst und spüre es selbst: Ich brauche nicht nur einen Mann, sondern einen Mann mit Niveau."

Der Mann mit Niveau begegnete ihr sehr bald und zwar während des Sylvesterballs. Meine Frau und ich saßen am

Nachbartisch und sahen, wie ein großer blonder Mann auf den Tisch mit Evelyn und ihrer Tochter zusteuerte. Er hieß Herbert, und ich kannte ihn vom Ruderverein. Es war ein Diplomingenieur, schlank, mit einem etwas gelichteten Scheitel. Unter seinen buschigen Brauen strahlten zwei hellblaue Augen fröhlich in die Welt, die noch lebendiger wurden, wenn er eine blonde Frau mit üppigem Busen ins Visier nahm. Die glückliche Evelyn überhörte meine leisen Warnungen, zumal Herbert bald ihr Untermieter wurde.

Der Januar war ein eisiger Monat, doch für Evelyn die Hölle. An einem Freitag klingelte sie verzweifelt und stand mit verweinten Augen vor unserer Wohnungstür.
„Kann ich rein kommen?“, fragte sie.
„Natürlich“, sagte ich und führte sie ins Wohnzimmer.
Sie ließ sich im Sessel nieder und sagte erst kein Wort. Dicke Tränen liefen ihr über das Gesicht.
„Erich, alles ist aus.“ Diesen Satz würgte sie fast hervor.
„Alles aus? Aber wieso denn?“
„Du hattest recht. Er liebt Blondinen.“
„Ja, ja, aber ich hatte den Eindruck ...“
„Und ich die Hoffnung. Aber ich habe ihn in flagranti erwischt.“
„In flagranti? Wo denn und mit wem?“
„Auf dem Plüschsofa. Mit einer Blondine mit üppigen Brüsten.“
„Kenne ich sie?“
„Du kennst dieses Biest. Es ist, nein, es war meine Tochter.“

ÜBERSTEUERT

Der Witwer Eduard Schnurpfeil hatte genug vom Alleinsein. Sicher, er hatte einen Hund, Jago von Knoppenstädt, der ihm aufs Wort folgte und mit dem er spielte und schmuste. Eduard war sogar der Meinung, dass sein Hund lachen konnte. Aber eine Frau war nun einmal eine Frau und durch nichts zu ersetzen.
Eduard studierte täglich den Anzeigenteil und entdeckte eines Tages eine Annonce, die er mehrfach las. Eine ältere Dame suchte einen tierlieben Lebenskameraden, möglichst mit Hund. Eduard schrieb ihr sofort einen ausführlichen Brief und war so beflügelt, dass er sogar ein Foto von Jago beifügte und sein eigenes vergaß. Trotzdem erhielt er eines Tages ihren Anruf, in welchem sie ihn um eine Zusammenkunft bat. Eduard behielt in der Aufregung nicht jede Einzelheit des Gesprächs, aber eines wusste er bestimmt: Jago von Knoppenstädt sollte dabei sein.

Eduard hatte sich fein gemacht und intensiv einparfümiert. Pünktlich und frohgemut betrat er die „Grüne Linde", während Jago von Knoppenstädt mürrisch hinterher trottete und vergeblich nach seinem Schleifchen biss.
Eduard setzte sich an den von ihm reservierten Tisch und starrte auf den Eingang. Anfangs sah er nur einen großen gelben Hut, der immer näher kam, aber dann entdeckte er darunter ein hübsches und gepflegtes Gesicht. Sie könnte dir gefallen, dachte Eduard, sprang auf und ging ihr entgegen.
„Sie sind sicher Herr Schnurpfeil", hörte er ihre warme, fast überschwängliche Stimme und nickte.
„Und ich bin Inge Pilz", stellte sie sich vor.
„Sehr angenehm, und das ist Jago von Knoppenstädt."
Jago schnüffelt an ihrer Wade, leckte ihren Schuh ab und blickte der Dame traurig ins Gesicht.

„Welch reizender Hund."
„Nicht wahr? Wir sind ein prächtiges Paar", sagte Eduard und führte sie zum Tisch. Sie setzten sich umständlich und mit einigem Räuspern. Als der Ober in Sichtweite war, bestand Frau Pilz darauf, ihre Zeche selbst zu bezahlen.
‚Sehr solide', dachte Eduard und erzählte ihr aus seinem Leben. Wenig später erfuhr er von Frau Pilz, dass sie geschieden sei, noch arbeite und keine Kinder habe.
„Meine Freizeit gehört der Natur. Tiere habe ich am liebsten", hörte Eduard sie träumerisch sagen.
„Da kommt ein Mann wohl erst an zweiter Stelle?"
„Ich mag nur einen Mann, der tierlieb ist. Und Sie sind es. Jago mag mich auch schon ein wenig. Wie lange haben Sie ihn denn schon?"
„Drei Jahre. Von klein auf."
„Da ist er ja noch lernfähig."
„Wie sein Herrchen", sagte Eduard.
„Ich hoffe, das stimmt", hörte er sie schelmisch sagen und lächelte geschmeichelt.
Eine Stunde verging wie im Flug, doch dann stand sie plötzlich auf und verabschiedete sich.
„Herr Schnurpfeil, Sie sind mir ausgesprochen sympathisch. Gestatten Sie mir trotzdem, dass ich über unsere Begegnung erst ein wenig nachdenke. Ich glaube, Sie wollen das auch so."
„Ich kann Sie bestens verstehen", sagte Eduard, während Jago nur einen unbestimmten Knurrer von sich gab.
„Ich lass bald von mir hören", hörte Eduard noch und sah ihr schwärmerisch nach, bis sie durch die Drehtür verschwand und der gelbe Hut am Schaufenster vorbei wippte.

Eine Woche wartete Eduard, dann kam endlich Post, allerdings nur von der Stadtverwaltung, vom Ordnungsamt. Die Behörde verlangte von ihm 400,00 Euro. Er war so auf-

geregt, dass er die Begründung nicht las, sondern sofort die Bearbeiterin anrief.
„Warum soll ich 400,00 Euro zahlen?"
„Sie haben keine Hundesteuer bezahlt."
„Wer hat Ihnen dieses Märchen erzählt."
„Unsere Ermittlerin. Und die irrt sich selten."
„Welche Ermittlerin?"
„Frau Inge Pilz."

DIE SELTSAME ARCHITEKTIN

Der nächtliche Sturm heulte und schüttelte die defekten Fenster des kleinen Reihenhauses. Elfriede Dreihorn, seit zehn Jahren verwitwet, richtete sich horchend im Bett auf, als es plötzlich krachte und sie sich in Schräglage befand. Mit Schrecken bemerkte sie, dass die Dielung ihres Schlafzimmers durchgebrochen war.
Frau Dreihorn aber blieb ungebrochen, ja stur, als ihr Sohn Paul sie von einem Umzug in einen sanierten Plattenbau überzeugen wollte.
„Mutti, du wohnst dann viel näher an meiner Wohnung."
„Wenn es dir zu weit ist, dann besuche mich bitte nicht."
„Darum geht es nicht. Der Vermieter will das Reihenhaus nicht mehr sanieren."
„Dann besserst du eben den Fußboden aus", sagte Frau Dreihorn.
Paul holte tief Luft: „Und weißt du überhaupt, wer im gleichen Block wohnen wird? Deine Schulfreundin Ilse. Sie freut sich schon auf dich."
Dieses Argument war entscheidend. Frau Dreihorn gab nach.

Frau Dreihorn, die seit dem Bettunfall Probleme mit dem Rücken hatte und ihre neue Wohnung noch nicht kannte, verließ den Aufzug und ging den Flur entlang. „Oberste Etage links", hatte ihr Sohn gesagt. Die Wohnungstür stand offen. Frau Dreihorn sah, wie Maler und Elektriker Restarbeiten erledigten und ein Tischler eine Schrankwand aufbaute. Sie wusste von Paul, dass er Handwerker beauftragt hatte.
Ihre Initiative war geweckt. Sie besah die neue Schrankwand, die Paul, wie verabredet, gekauft hatte. Welch dämlichen Geschmack der hatte. Aber nun war es geschehen.
„Die Schrankwand bauen Sie bitte wieder ab, sie wird gegenüber aufgestellt", befahl sie dem Tischler.

„Aber ihr Sohn ..."
„Papperlapapp", unterbrach sie, „hier bestimme ich. Die Flurlampe kommt in den Müll. Hängen sie die Küchenlampe dafür hin", gab sie dem Elektriker Weisung, der die Arbeiten kopfschüttelnd ausführte. „Die Flurwand wird knallgelb gestrichen", wies sie den Maler an.
„Aber ..."
„Hier habe ich das Sagen. Es ist meine Wohnung", belehrte sie die verblüfften Handwerker. Dann dirigierte sie ihre Freundin Ilse per Handy zu sich herauf.

Ilse spendierte zum Einzug zwei Flaschen Obstwein. Je mehr die beiden alten Damen davon tranken, desto lautstärker erinnerten sie sich ihrer Schulzeit. Es dauerte nicht lange, da packte sie die Lust zu singen. So manches alte Volkslied, begleitet von den rhythmischen Schlägen zweier Esslöffel, hallte durch den Plattenbau.
Plötzlich stand Paul vor ihnen: „Mutti, ich suche dich überall. Warum hast du das Handy abgeschaltet?"
„Weil wir ungestört sein wollten."
„Zum Glück habe ich euer Gekrächze gehört."
„Das ist kein Gekrächze, sondern edler Gesang."
„Nennt es, wie ihr wollt, aber ihr seid in der falschen Wohnung."
„Du hast gesagt: Oberste Etage links."
„Eben und die ist noch eine Treppe höher."
„Laut Fahrstuhlbeschriftung gibt es keine höhere Etage."
„Der Aufzug geht nur bis zur zehnten Etage. Du wohnst aber in der elften."
„Die Wohnungstür stand, wie vereinbart, offen."
„Sie stehen fast alle offen, denn überall sind noch die Handwerker, und die nehmen es mit dem Verschließen von leeren Wohnungen nicht so genau."
Nach dieser Offenbarung war Frau Dreihorn fix und fertig.

Paul brachte sie in die richtige Wohnung.
‚Oh, Gott, was habe ich da angerichtet', dachte die Witwe. Die Antwort hörte Frau Dreihorn noch am gleichen Abend, als es klingelte und das Ehepaar Grünfeld vor ihr stand.
„Guten Abend, Frau Dreihorn, wir sind die Mieter unter Ihnen. Unser Sohn informierte uns, dass Sie Änderungen in unserer Wohnung ..."
„Ich bitte Sie vielmals ..."
„... veranlasst haben. Die Farben der Wände im Flur ..."
„Oh mein Gott ..."
„... die Beleuchtung und die Lage unserer Anbauwand haben Sie ..."
„Ich bitte Sie nochmals ..."
„... bestens ausgewählt und korrigiert. Sie haben wirklich einen guten Geschmack. Dürfen wir Sie morgen zum Mittagessen einladen?"

EWIG LOCKT DAS WEIB

Als zwei der Hemdknöpfe gleichzeitig über seinem Kugelbauch platzten, entschloss sich Heribert, etwas für seine Gesundheit zu tun. Er gönnte sich eine vorbeugende Kur. Mit hundert Prozent Selbstbeteiligung.
Natürlich verordnete der Arzt ihm Bewegung, doch Tatsache war, dass Heribert Sahnetorte mochte und unnötige Bewegung seit Jahren vermied. Aber immerhin dauerte sein erster Spaziergang, der am Kurgarten begann und im Café endete, zehn Minuten.
Am zweiten Tag begegnete ihm das Glück, denn eine reife Dame mit gelbem Hut und wippenden Brüsten stolzierte auf ihn zu. Obwohl Windstille war, sah Heribert plötzlich ihren Hut auf den Rasen segeln und er – ein Kavalier der alten Schule – beeilte sich, ihn aufzuheben. Schnaufend überreichte er ihr das flugfähige Kunstwerk.
„Danke, mein Herr“, hörte er sie flöten.
„Es freut mich, Ihnen behilflich gewesen zu sein.“
„Noch einmal danke. Sie gehen spazieren?“
„Ein wenig schon“, sagte Heribert.
„Nehmen Sie mich ein Stückchen mit?“
Heribert schaute auf seinen Bauch, bedachte sein Alter und blickte so ganz nebenbei auf zwei ältere Herren, die auf einer Parkbank saßen und Schach spielten. Diese unterbrachen ihr Match und beobachteten ihn feixend.
„Sehr gern“, sagte er schließlich zu der Dame, denn seine Eitelkeit verdrängte alle seine Bedenken.

Er erfuhr, dass sie Isolde hieß.
„Gehen wir ins Café?“ schlug Heribert vor.
„Gerne. Aber bitte nicht hier.“
„Nicht hier?“, fragte Heribert erstaunt.
„Ich kenne ein Caféstübchen oben auf dem Berg. Da ist es richtig gemütlich.“

Heribert fühlte sich plötzlich sehr unbehaglich, denn auf einen Gipfelsturm war er nicht vorbereitet. Es war eine anstrengende Tour für ihn, denn immerhin waren 200 Meter Höhenunterschied zu überwinden, doch er hielt sich wacker und stiefelte im Takt ihrer strammen Schenkel schnaufend hinter ihr her. Als sie endlich am Ziel waren und sich in die Sessel des kleinen Cafés plumpsen ließen, wollte Heribert zwei schöne Stückchen Sahnetorte bestellen, doch Isolde wippte nur einmal mit dem Hut, und die Kellnerin verschwand für fünf Minuten.
„Heribert – ich darf Sie doch so nennen?"
„Selbstverständlich, Isolde."
„Tun Sie mir einen persönlichen Gefallen?"
„Gerne."
„Sie sind ein stattlicher Mann, aber Sie wären noch stattlicher, wenn Sie weniger stattlich wären."
„Ich verstehe Sie nicht."
„Essen Sie mit mir Zwieback und trinken Sie Tee." Sie streichelte dabei Heriberts Hand und schaute ihn so verliebt an, dass Heribert zum Verzicht bereit war. Aber schon nach dem fünften Zwieback hörte er erneut ihren Einspruch.
„Heribert, es ist genug. Bitte."
Heribert hörte auf zu essen und lauschte mit knurrendem Magen den belehrenden Worten Isoldes, bis die Stunde des Abstiegs schlug. Schließlich stolperte er wieder hinter dem hüpfenden gelben Hut zu Tal.
Beim Abschied fasste er ihre beiden Hände, blickte verlangend auf ihren Oberkörper – wobei er an ihre Hutkrempe stieß – und hauchte: „Isolde, könnten wir uns nicht einen schönen Abend machen?"
„Es geht nicht. Abends bin ich immer zu Hause."
„Zu Hause? Ich denke, Sie sind auch im Kurheim?"
„Bin ich auch, denn ich arbeite dort. Und wir sehen uns täglich."

Kaum hatte Heribert seinen vor Staunen geöffneten Mund geschlossen, wippte seine Schöne schon davon.

Erst jetzt bemerkte er wieder die beiden feixenden Herren auf der Parkbank, die ihn spöttisch ansprachen: „Hat Sie bei Ihnen auch den Trick mit dem Hut angewendet?"
„Ich muss zugeben, dass ich ihn vorhin aufgehoben habe", sagte Heribert verunsichert und fragte weiter: „Kennen Sie denn die Dame?"
„Wer kennt sie nicht? Hüten Sie sich vor ihr. Sie ist ein Feind der Dicken und der Faulen."
Heribert schaute ratlos auf die beiden korpulenten Herren und fragte weiter: „Wer ist sie denn?"
„Die Ernährungsberaterin vom Kurheim."

HEIRATSFIMMEL

Sonst schwatzte die verwitwete Frau Möhring ununterbrochen am Frühstückstisch und ließ ihren Sohn Jürgen kaum zu Wort kommen. Heute aber trank sie nur verdrießlich ihren Kamillentee. Sie dachte an ihren Neffen, der gestern geheiratet hatte und an die Zukunft ihres fast 40-jährigen Jürgen, der die Frauen mied und ledig bleiben wollte. Sie seufzte tief und fragte ihren Sohn direkt: „Jürgen, warum hast du keine Freundin?"
„Mutter, drängele nicht, ich habe andere Sorgen", sagte er.
„Was für Sorgen?"
„Mein Kreislauf streikt. In 14 Tagen soll ich zur Kur."
„Vielleicht lernst du dort endlich eine hübsche Frau kennen."
„Und wo bitte?", fragte er ärgerlich.
„Im Kurgarten zum Beispiel. Du nimmst den guten Anzug mit."
„Mama, ich fahre zur Heilung und nicht zur Brautschau."
„Und ich sage dir, es ist Zeit zu heiraten."

Nach dem Frühstück dachte Frau Möhring noch lange über ihren Sohn nach. Er war ein durchaus ansehnlicher Mann, leider oft knurrig, grüblerisch und zum Phlegma neigend. Aus seinem wohlgeformten Gesicht schauten kluge graue Augen, die Züge verrieten Offenheit und Zuverlässigkeit. Sein kleiner Mund und das runde Kinn wirkten sinnlich. Sicher war er zu dick, aber manche Frauen mochten das.
Sie selbst war mit ihren 62 Jahren noch immer eine schlanke, gut aussehende Frau. Die Lachfältchen um ihre grünen, strahlenden Augen verrieten den optimistischen Menschen. Warum war ihr Sohn so anders?

Die dreiwöchige Kur verging schnell, und Frau Möhring erwartete aufgeregt ihren Sohn. Als er endlich wieder vor der

Tür stand, schaute sie ihn forschend an. Der Mutterinstinkt sagte ihr, dass etwas geschehen war.
Hatte er nicht in der ersten Woche täglich, dann immer weniger angerufen? Waren seine Hände nicht gepflegter als sonst? Und dieses neue todschicke Sakko? Er ging doch sonst nicht alleine einkaufen. Außerdem, ja sie sah es, war ihr Jürgen etwas schlanker geworden. Nur seine Augen blickten traurig und müde. Sie drückte ihren Sohn und küsste ihn auf die Wangen, was er widerwillig geschehen ließ.
„Ich freue mich, Jürgen, dass du wieder da bist. Wie war die Kur?", fragte sie.
„Wie soll sie gewesen sein. Der Kreislauf ist wieder okay."
„Das meine ich nicht."
„Du nervst, Mama."
„Versteh mich doch bitte , mein Junge. Ich will doch nur ..."
„Mich verheiraten. Wieder und wieder. Vielleicht will ich es selbst einmal. Aber im Moment lass mich in Ruhe. Ich habe genug von den Frauen."
Frau Möhring drängelte nicht weiter und bereitete nachdenklich das Abendbrot.

Zwei Tage später, es war beim Bettenmachen, fand sie Jürgens Tagebuch unter dem Kopfkissen. Sie wusste, dass er es seit fünf Jahren nicht mehr benutzt hatte. Um so neugieriger blätterte sie darin. Sie fand nur die bekannten Eintragungen und wollte das Buch schon zurücklegen, als sie auf der letzten Seite ein Gedicht bemerkte. Es bestand aus zwei Strophen und war laut Datum während der Kur entstanden. Sie las:

Zärtlich küsste ich Christine
in der grünen Niederung,
und aus Haltung, Blick und Miene
spürte ich: Erwiderung.

Leise fing sie an zu weinen,
und sie hielt mich auf Distanz.
Lieben könne sie nur einen,
ihren Mann und diesen ganz.

Frau Möhring blieb noch lange auf der Bettkante sitzen und dachte nach: Ohne Zweifel, er wurde wieder enttäuscht. Ich muss ihm helfen zu vergessen. Und das kann er nur durch eine neue Beziehung.
Für Frau Möhring war der Fall der Fälle eingetreten, auf den sie bestens vorbereitet war. Sie hatte mit Herrn Rittner von der Vermittlungsagentur „Harmonie“ schon alles besprochen. Als sie das kleine Büro betrat, nahm sie befriedigt zur Kenntnis, dass er allein war und ihr mitfühlend zunickte.„Frau Möhring, bitte setzen Sie sich, ich freue mich riesig über Ihrem Besuch. Es liegt alles bereit.“
Sie sah, wie Herr Rittner einen Ordner mit gelbem Klebezettel aus dem Schreibtisch zauberte, und gemeinsam wählten sie die in Frage kommenden Damen aus. Vorsichtshalber wollte Frau Möhring aber vor der Kontaktaufnahme noch die Zustimmung ihres Sohnes einholen.

Am nächsten Morgen informierte sie Jürgen über ihren Besuch bei Herrn Rittner. Sie spürte, wie ungehalten er darüber war.
„Jürgen, jeder Kontakt ist unverbindlich“, sagte sie beschwichtigend.
„Mama, ich bin 40 Jahre und muss selbst wissen ...“
„Das weißt du eben nicht. Lass dir doch helfen. Entscheiden sollst du schließlich selbst.“
„Mama, es gibt Gründe für meine Zurückhaltung. Respektiere das doch endlich.“
Sie sah, wie er aufstand und zornig den Raum verließ.
Da verspürte sie plötzlich das Bedürfnis, nochmals im Tagebuch zu lesen. Ob sie aus den wenigen Zeilen mehr heraus-

lesen konnte? Diesmal lag das Tagebuch im Nachttisch. Wie erstaunt war sie, als sie eine weitere Strophe fand:

Lange Zeit ist schon vergangen
Genesen bin ich heimgekehrt,
aber denk' ich an Christine,
wird mein Kreislauf doch gestört.

Nun wußte Frau Möhring endgültig, dass ihr Sohn nicht vergessen konnte. Sie erinnerte sich an seine letzte Beziehung, die vor etwa 15 Jahren endete. Die junge Frau war schwanger und gestand, dass er nicht der Vater war.
Viele Monate brauchte Jürgen, um den Schock zu überwinden. Vielleicht wirkte dieses Ereignis noch heute nach.
Frau Möhring wünschte sich plötzlich, mit Herrn Rittner zu reden. Der erfahrene und verständnisvolle Mann konnte sicher raten, ob man jetzt weiter auf Jürgen einwirken sollte.
Das Gespräch dauerte bis spät in die Nacht.

Am nächsten Tag saß Frau Möhring mit Jürgen wieder am Frühstückstisch.
Da sagte sie mit glühenden Wangen: „Jürgen, ich habe endlich das Glück gefunden."
„Mama, nicht schon wieder", sagte er ablehnend.
„Sag deine Meinung: Schlank, 1,80 groß ..."
„Mama, ich bin nur 1,65."
„Charmant, braune Augen, tiefe angenehme Stimme ..."
„Mama, ich will nicht."
„Du sollst ja auch nicht. Ich will."
„Was willst du?"
„Herrn Rittner heiraten."

TÜRKISCHER ZAUBER

„Wehe, du hast gelogen", sagte Klaus drohend zu seiner Tochter Gabi.
„Es ist das beste Hotel in der ganzen Türkei", erwiderte sie.
„Übertreibe nicht. Gibt es denn Flüge?"
„Kein Problem. Ich habe für euch reserviert."
„Für euch? Willst du nicht mit? Gabi, du bist erst 17", sagte Klaus.
„Fast 18, Vati, und ich verdiene mir Geld in den Ferien."
Das stimmte ihn milde. Als er obendrein sah, wie seine Frau Eva ihm zunickte, gab er sich geschlagen.
„Und nach dem Urlaub darf ich mich für die Schauspielschule bewerben, nicht wahr, Vati?", fragte Gabi plötzlich und gab ihm ein Küsschen.
„Nein, Gabi, du hast kein Talent", antwortete Klaus entschieden.

Am späten Vormittag erreichte der Flughafenbus ihr Urlauberdorf. Klaus und Eva waren sofort angetan von der paradiesischen Lage inmitten eines Pinienwaldes und beeindruckt von den großartigen Spielangeboten für Kinder. Schon an der Rezeption begrüßte ein buntgemalter Clown die kleinen Trabanten mit Scherzen und kleinen Geschenken. Doch plötzlich stutzte Klaus. Erstaunt sah er, wie der Clown einen großen Rosenstrauß hinter seinem Rücken hervorzauberte und Eva mit einem Augenzwinkern überreichte. Zwischen den Stielen steckte eine Karte, die Klaus ergriff und las: „In Liebe, Ala."

Je länger Klaus und Eva nachdachten, desto rätselhafter wurden ihnen Rosenstrauß und Karte.
„Eva, seit wann kennst du einen Ala?", fragte Klaus irritiert.
„Ich kenne keinen Ala."

„Und warum blinzelte der Clown dir zu?"
„Und warum machst du vor deinen Kunden tiefe Bücklinge?"
„Ich erledige nur meinen Job", sagte Klaus beleidigt.
„Siehst du, dieser Clown ebenfalls", erwiderte Eva.
„Aber er hatte eine Rose im Knopfloch."
„Besser eine Rose im Knopfloch als einem Stachel im Herzen."

Klaus spürte Evas Unmut noch beim Mittagessen.
„Iß nicht wieder Unmengen", sagte sie.
„Nörgele nicht schon wieder."
„Nörgeln wirst du, wenn dein Magen streikt."
„Der streikt nur, wenn Ala Rosen bringt", sagte Klaus eifersüchtig.
Plötzlich war wieder der Clown im Speisesaal. Er sprach kein Wort, aber imitierte stumm einen Ober. Klaus sah, wie der kleine Junge am Nebentisch staunend den Mund aufsperrte und ungewollt seine Häppchen schluckte. Dann legte der Clown plötzlich eine Karte auf ihren Tisch und tanzte aus dem Saal. Auf der Karte stand nur eine Zeile: „Badenixe wartet nach dem Mittag am Pool."
„Du hast schon wieder geflirtet", sagte Eva empört.
„Ich schwöre dir, ich kenne keine Badenixe."
„Und alles hinter meinem Rücken. Das mache ich nicht mit."
„Eva, beruhige dich. Wir gehen einfach nicht zum Pool, sondern zum Strand. Ich vertrage das Chlorwasser sowieso schlecht."
„Denkste. Du gehst hin, und ich warte dort an der Bar. Dann stellen wir gemeinsam das Flittchen zur Rede", sagte sie aggressiv.

Weder Klaus noch sie sahen irgendeine lüsterne Badenixe. Drei Teenager kicherten an der Bar, wenige Gäste ruhten auf ihren Liegen. Zwei Knaben bespritzten sich mit Wasser. Da

stand plötzlich eine phantasievoll kostümierte Hexe vor Klaus. Aus ihrer Halbmaske blitzten grüne Augen. Sie kicherte und drückte Klaus an ihren riesigen ausgestopften Busen.
„Willkommen in meinem Reich“, sprach sie mit hoher Fistelstimme. Als er gerade Luft holen wollte, bekam er zwei kräftige Knoblauchküsschen. Seine Wangen waren nun auch geschminkt. Klaus sah noch, wie Eva sich vor Lachen bog und ihn leiden ließ.
„Wer sind Sie?“, fragte er endlich das aufdringliche Wesen.
„Deine Badenixe“, sagte sie schmeichlerisch.
„Ich habe schon eine Badenixe. Sie wird Ärger machen.“
„Gib ihr dieses Wundermittel, das beruhigt sie.“ Die Hexe zauberte ihm ein großes Marzipanbrot in die Hände. Da fiel bei Klaus endlich der Groschen. Diese Schwäche seiner Frau war ein Familiengeheimnis. Und da sah er auch den Leberfleck.
„Kleine Hexe, komm mit mir an die Bar“, sagte er lachend. Gabi nahm ihre Maske ab und gab sich zu erkennen. An Evas erstaunter Miene sah Klaus, dass sie vom Ausflug in die Türkei ihrer Tochter nichts wusste.

„Gabi, was machst du denn hier?“, fragte Klaus, noch immer perplex.
„Ich verdiene mir Geld als Clown Ala oder Hexe. Hast du mich erkannt, Vati?“
Klaus schüttelte verblüfft den Kopf.
„Dann gib doch endlich zu, dass ich Talent für das Theater habe, Vati.“
„Ich glaube schon“, sagte Klaus und lachte befreit.
„Hurra, ich darf zur Schauspielschule“, rief fröhlich die junge Hexe, tanzte um den Pool und war bald von einer großen Kinderschar umringt.

GEWISSENSBISSE

Der vierzigjährige Heinz Oeser war ein gutaussehender Familienvater und erfolgreicher Kaufmann.
Niemand in der Firma ahnte, dass er sich während seiner Dienstreisen mit fragwürdigen Damen vergnügte.
Er spielte mit dem Feuer, denn seine Frau hatte ihm schon einmal wegen einer Affäre die Koffer vor die Tür gesetzt.
Da er sich damals reuig zeigte und notgedrungen Haushaltspflichten übernahm, gab ihm seine Frau eine neue Chance.
Im Büro brauchte er keine, denn er war sehr erfolgreich, doch an einem Donnerstagnachmittag flatterten ihm die Nerven.

Er dachte gerade an das Höschen seiner hübschen Sekretärin, als sein Handy klingelte und er die Stimme seines Sohnes hörte.
„Vati, Mama lässt ausrichten, du möchtest dringend nach Hause kommen, es wird bald dunkel, und die Erika ist gleich da."
„Welche Erika?"
„Ich weiß nicht. Mutti hat telefoniert und ist dann ganz schnell zum Bahnhof gelaufen. Du sollst dich um sie kümmern."
Als sein Sohn auflegte, war Heinz Oeser in Not, denn Erika Möring hieß sein letzter Kurschatten. Mit dieser Frau hatte er nicht gerechnet, denn sie hatten sich Lebewohl gesagt.
Holte seine Frau etwa Erika ab? Sie kannten sich ja gar nicht.
Aber sicher hatten sie telefoniert und einen Treff vereinbart.
Das wäre sein Ende als Ehemann.
Fluchend sprang er auf, vergaß seinen Pünktlichkeitsfimmel und eilte vorzeitig aus dem Büro. Mit dem Pförtner wechselte er erstmalig seit vielen Jahren kein einziges Wort, denn er war mit sich selbst beschäftigt: Standen seine Koffer wieder vor der Tür?

Als Heinz Oeser nach Hause kam, empfing ihn seine Frau mit einem Lächeln. Er wusste, dass dies nichts zu bedeuten hatte und sie jeden Moment explodieren konnte.
So ganz nebenbei fragte er: „Ist die Erika schon angekommen?"
Seine Frau nickte und sagte: „Sie ist ziemlich trocken."
Dass Erika Alkoholikerin war, hatte er nicht gewusst.
„Wo ist sie denn?", fragte er verunsichert.
„Sie wartet im Garten auf dich."
‚Aha', dachte er, ‚sie hat Hausverbot'. „Du hast sie wohl vom Bahnhof abgeholt?"
„Nein, sie wurde gebracht."
„Gebracht?"
„Denkst du, ich trage sie? Aber die Kisten hatten zwei verschiedene Anschriften. Ich musste das klären."
„Die Kisten?"
„Erinnerst du dich nicht? Du hattest sie doch im Sommer bestellt: Zwei Kisten mit blühender Heide und Spezialerde."
„Und was ist mit der Erika?"
„Das ist Erika."
Tiefberuhigt pflanzte Heinz Oeser das Heidekraut. Die zarten Knospen erinnerten ihn an die kleinen rosigen Brüste von Erika Möhring.

DIE NEUGIERIGE LÖWIN

Unser Arbeitstag begann um 7.30 Uhr, doch selbst dann, wenn ich pünktlich kam, flegelte Theo Körner schon am Schreibtisch und grinste mir entgegen. Theo, das 45-jährige Riesenbaby, lebte noch immer bei seiner Mutter und mied das weibliche Geschlecht wie der Abstinenzler den Alkohol. Neulich sprach ich Theo darauf an: „Theo, was machen deine Freundinnen?"
„Meine Freundinnen? Ich brauche keine."
„Hast du nie das Bedürfnis, mit einem reizenden Mädchen zu schmusen, sie zu küssen, sie vielleicht ..."
Theos Nasenflügel bebten und wenn sie bebten, fiel er mir immer ins Wort.
„Du denkst immer nur an das eine, pfui", sagte er empört.
„Ich denke nur an deine Linie."
„Meine Linie? Sie ist etwas gewölbt. Na und?" Theo strich sich zufrieden über seinen gewaltigen Leib.
„Ich meine die Körnersche Linie. Schade, wenn sie ausstirbt."
„Eins merke dir: Ich heirate nie."

Wenn sich Theo von solchen anstrengenden Gesprächen erholt hatte, war er wieder fröhlich und neckte mich gern. Als Verwaltungsangestellte einer großen Hotelkette bildeten wir beide ein erfolgreiches Team. Theo war für Ausrüstungen aller Art, ich für bauliche Zustände verantwortlich. Eines Tages bat mich Theo um eine Gefälligkeit: „Siegfried, uns wird eine Messeneuheit angeboten, ein Soßenabschmeckgerät. Kannst du bitte die Aufstellmöglichkeiten prüfen?" Dabei blickte er so traurig wie der Dackel unseres Nachbarn. Ich konnte nicht nein sagen.
„Gib mir die technischen Unterlagen", sagte ich seufzend. Er reichte sie mir in handschriftlicher Form. Als ich gerade überlegte, ob ich einen Statiker hinzuziehen sollte, stutzte

ich und fragte: „Theo, habe ich mich verhört? Ein Soßenabschmeckgerät?“ Ich sah kurz hoch und wusste Bescheid. Der ganze Theo bebte vor Vergnügen, sein Schwimmring schaukelte, und seine gelbbraunen Augen flackerten wie ein Osterfeuer. Na warte, Theo, dachte ich grimmig und bewarf ihn mit Büroklammern.

Für mein Revanche eignete sich nur ein zufriedener Theo, der an keine Hinterlist glaubte. Diese seltenen Momente gab es immer dann, wenn er Mutters Frühstückspaket ausbreitete und den Belag seiner Brote überprüfte. Anschließend blickte er stets zur Leuchtstofflampe und rief demonstrativ: „Vielen Dank, dir da oben, für diesen Leckerbissen.“
Gleich am nächsten Tag reagierte ich auf dieses Ritual.
„Theo, der liebe Gott hat dich tatsächlich lieb und dir eine Telefonnummer hinterlassen. Eine Frau Löwe will dich sprechen. Sie möchte unsere ungenutzten Herde kaufen.“
Theo nickte verdutzt und dachte vielleicht an ein Lob unseres Direktors. Theo wählte die Nummer und sagte nach wenigen Augenblicken: „Kann ich bitte Frau Löwe sprechen?“
Soweit es mir möglich war, hörte ich mit. Erst blieb es am anderen Ende der Leitung ruhig, doch dann hörte ich deutlich die Antwort: „Unverschämtheit.“
Der übereifrige Theo wählte erneut und fragte: „Entschuldigen Sie bitte, kann ich Frau Löwe sprechen?“
„Was erlauben Sie sich denn?“, antwortete mit erregter Stimme der Gesprächspartner.
„Ich denke, Frau Löwe wird sich freuen, wenn sie erfährt, wie preiswert unsere Herde sind und wie schmackhaft auf diesen Speisen zubereitet werden können.“ Theo brachte seinen Spruch gekonnt zu Ende, doch anschließend hörten wir die Antwort: „Unsere Frau Löwe frisst nur rohes Fleisch.“
Dann knackte es in der Leitung – das Gespräch war beendet. Lange starrte mich Theo an. Das Osterfeuer seiner Au-

gen war erloschen. Da prustete ich plötzlich los. Endlich verstand er, dass er mit einem Angestellten des Zoos gesprochen hatte.

Etwa zehn Tage waren vergangen, aber sie waren für Theo viel zu kurz, um Frau Löwe zu vergessen. Es war Montag und Theo hatte noch nicht gefrühstückt, als sein Telefon klingelte. Ich sah, wie er gelangweilt der Stimme aus dem Hörer lauschte, doch dann wurde er immer aufgeregter, bis schließlich seine Nasenflügel bebten. Da wurde ich aufmerksam.
„Nein, ich komme nicht“, sprach er ergrimmt und schleuderte den Hörer auf die Gabel.
„Was war denn?“, fragte ich absolut unwissend.
„Dass du die Chefsekretärin bittest, Späße mit mir zu machen, enttäuscht mich sehr“, sagte Theo zu mir und schaute verbiestert aus dem Fenster. Wieder klingelte es und Theo nahm knurrend den Hörer ab. Er wurde immer roter und schrie plötzlich in den Hörer: „Frau Löwe ist mir höchst gleichgültig, und sie wird mir immer gleichgültig bleiben.“ Bums, legte Theo wieder auf. Ich wurde hellwach. Außer uns beiden kannte keiner den Spaß mit Frau Löwe. Was wurde hier gespielt? Zum dritten Male klingelte es, und ich erkannte die Stimme unseres Direktors. Ich stellte sofort das Telefon auf laut.
„Herr Körner, Frau Löwe von der Konzernleitung ist anwesend. Warum wollen Sie nicht mit ihr sprechen?“
„Frau Löwe von der Konzernleitung?“, fragte Theo erstaunt.
„Ja, Sie will die Ausrüstungslisten einsehen. Wollen Sie oder wollen Sie nicht?“ erkundigte sich der Direktor mit grollender Stimme. Theo stand schon seit einigen Sekunden stramm, machte vor mir einen Diener und sagte: „Ich komme sofort, Herr Direktor.“
Flugs eilte er aus dem Zimmer. Nach wenigen Sekunden stürzte er zurück, ergriff die Akte mit den Listen und brauste endgültig davon.

Am Nachmittag sah ich ihn kurz. Ich erwartete, dass er mich – der ich diesmal vollkommen unschuldig war – als Ausdruck seiner Wut mit Radiergummis bewarf. Aber er angelte sich nur eine zweite Akte und verschwand. So einen nervösen und verschwitzten Theo hatte ich noch nie gesehen. Gehaltserhöhung oder Rausschmiss, dachte ich noch. Da am anderen Tag meine Ferienreise begann, konnte ich mich nicht mehr von ihm verabschieden.

Als ich aus dem Urlaub wiederkehrte, war Theos Arbeitsplatz leer. Man hatte ihn versetzt. Bald saß mir ein junger Mann gegenüber, der so etwas wie eine graue Maus war: Keine Schrullen, keine Späße, er war schlank und verheiratet, seine Nasenflügel bebten nicht. Ach, Theo, der alte Streithammel, fehlte mir.

Etwa sechs Wochen waren vergangen. Es war Feierabend, und ich wartete auf meinen Bus. Da redete mich plötzlich eine etwa 35-jährige, bildschöne Frau an: „Würden Sie mit mir ein Bier trinken gehen?"
Ich war vollkommen verblüfft.
„Wieso wollen Sie ausgerechnet mit mir ...?", stammelte ich.
„Glauben Sie mir, Sie sind der Richtige", sagte sie schelmisch, hakte sich bei mir ein und schob mich in das Restaurant gegenüber der Haltestelle.
Ich war noch immer nicht Herr der Situation. Als ich ihren Ehering sah, beruhigte ich mich ein wenig. Sie sah nicht wie eine leichte Dame aus. Aber was hatte sie mit mir vor?
„Mit wem habe ich das Vergnügen?", fragte ich endlich.
„Gestatten Sie zuerst, dass ich Sie zum Essen einlade."
Ich nickte apathisch.
Sie empfahl mir ein teures Menü, ich nickte wieder, und sie bestellte. Zu meinem Erstaunen deckte der Ober für drei Personen. Dann begann sie zu reden: „Wenn Sie nicht gewe-

sen wären, hätte ich vielleicht meinen Mann nicht kennen gelernt."
„Was habe ich mit Ihrem Mann zu tun?"
„Sie haben ihn dazu gebracht, dass er mich nicht sehen wollte. Danke."
„Ich verstehe überhaupt nichts. Sie danken mir für was?"
„Für die Neugier, die Sie bei mir geweckt haben. Es war mir noch nie passiert, dass mich jemand ablehnte." Sie lächelte etwas melancholisch und weidete sich an meinem Erstaunen.
„Wer sind Sie?", fragte ich irritiert.
„Sie wollten doch einmal, dass Ihr Kollege einer Frau Löwe Herde verkauft", sagte sie schließlich.
„Ja, ja, aber es war ein Spaß und der Name frei erfunden."
„Ich bin Frau Löwe."
„Sie sind Frau Löwe?"
„Ja, aber ich bin nicht das weibliche Wesen aus dem Zoo" – sie machte eine kleine Pause und schaute mich spitzbübisch an – „sondern von der Konzernleitung." Sie genoss diesen Augenblick meiner absoluten Ratlosigkeit. Dann redete sie weiter: „Und dies ist mein Mann, Herr Löwe, ehemals Körner."

Da trat hinter einem Pfeiler mein alter Freund Theo hervor und hielt sich vor Lachen den Schwimmring, der allerdings auffallend kleiner geworden war. Ich drückte erleichtert den alten Theo an mein durchschwitztes Oberhemd, und wir freuten uns wie die Eskimos nach der Polarnacht. Doch dann kam die Realität und zwar ein Kohlrabiauflauf für Theo. Ob er ‚dem da oben' trotzdem noch dankt?, fragte ich mich. Als Theo mir ein Schweinsmedaillon vom Teller stibitzte und sofort verschlang, sagte er nur entschuldigend: „Ich heirate nie ... wieder."

DIE PROBELESUNG

Nach sechs Wochen täglichen Schreibens und nächtlicher Zweifel war endlich mein erstes Gedicht fertig. Voller Stolz und mit klopfendem Herzen informierte ich hierüber die vier Mitglieder unseres Poetenclubs, die mich stürmisch baten, mein Kunstwerk vorzutragen. Ich aber brauchte Bedenkzeit, denn mein Lampenfieber vor diesem erlesenen Personenkreis war einfach zu groß. Mein Freund gab mir einen heißen Tipp und empfahl mir erst einmal eine hausinterne Probelesung.

Der Rat war gut, aber es fehlte mir ein geduldiger Zuhörer. Mein Freund hatte plötzlich dringende Termine und meine Frau drohte mir mit Liebesentzug, falls ich sie mit meinem poetischen Erguss behelligen sollte. Schließlich gelang es mir doch, jemanden aufzutreiben. Er war langhaarig, trottelig und maulfaul, aber es war ja auch nur eine Probelesung.
Ich bat ihn, auf dem Sofa Platz zu nehmen, hüstelte kurz und fixierte meinen Gast. Er machte es sich bequem und schaute mich aufmerksam an.
Da fasste ich mir ein Herz und begann mit hoher Stimme meinen Vortrag. Ich variierte die Lautstärke und das Tempo, und an der spannendsten Stelle hob ich den Finger, um auf den Höhepunkt aufmerksam zu machen. Immer wieder äugte ich zwischendurch auf meinen Gast und hinderte ihn daran, nicht einzuschlafen. Offenbar beeindruckten ihn aber die Verse vom wasserscheuen Teebeutel, denn er blinzelte mir wohlwollend zu.
Schließlich waren meine acht Zeilen verhallt, und ich schloss zum Zeichen, dass der große Wurf verlesen war, die Augen. Dann begegnete ich dem erstaunten Blick meines Gastes. Ich ließ ihm noch etwas Zeit für den Beifall, bat ihn um Entschuldigung und kümmerte mich um den Nachmittagskaffee.

Als ich mit einer großen Torte zurückkam, war mein Zuhörer verschwunden. War mein Gedicht so schlecht, dass er grußlos das Weite gesucht hatte? Aber nein, er lag unter dem Tisch, schniefte kurz und trank gierig sein Wasser.
Dackel bleibt eben Dackel.

DIE FLUCHT DER MADONNA

Seit unserem Mauritiusurlaub ist schon einige Zeit vergangen, aber immer, wenn ich dieses eine Foto betrachte, sehe ich die alte Obstverkäuferin zwischen den Palmen und dem schneeweißen Strand von Trou aux Biches daherschreiten und denke an den Schock, den sie uns bereitet hatte.

Sie war eine außergewöhnliche, noch immer schöne Frau. Majestätisch schritt sie auf die Urlauber zu, wobei sie sicher einen Früchtekorb auf ihrem Kopf balancierte. Sie schien nicht unbedingt verkaufen zu wollen, denn sie blickte stumm umher und blieb nur stehen, wenn man sie ansprach. Ihr glattes, schon graues Haar fiel bis auf ihre Schultern, und aus ihrem faltigen Gesicht hielten fröhliche Augen nach Kunden Ausschau. Sie strahlte eine seltsame Ruhe aus, obwohl sie sich flink bewegte. Die alte Frau, die wie eine Tänzerin über den Sand schwebte, trug ein Phantasiekostüm und war barfuss. Sicher ist sie eine Kreolin, dachte ich.
Meine Frau fragte sie: „Ananas?"
Sie nickte gleichmütig und stellte ihren Korb auf den Boden. Fleißig begann sie, mit einem Messer zickzackförmig die Ananas einzuschneiden.
„Darf ich Sie fotografieren?", fragte ich sie in meinem holprigen Englisch und hielt ihr meine Kamera schussbereit vor das gütige Gesicht.
Da hielt sie erschrocken inne, ließ ihren Korb mit all ihren Früchten stehen und eilte aufgeregt davon. Sie blickte zu mir zurück und rief: „Ich Madonna", dann sah ich sie in der Menge der Urlauber verschwinden.
Nun war guter Rat teuer. Ich starrte irritiert auf den Korb mit dem Obst und konnte mir ihr Verhalten nicht erklären.
„Du hast sie beleidigt", sagte meine Frau.
„Ich beleidigt? Ich wollte doch nur ..."

„Du willst immer nur. Aber diese Menschen haben auch ihre Würde. Vielleicht wollte sie nicht fotografiert werden?"
„Aber das hätte sie mir doch sagen können."
Langsam wurde mir die Situation unheimlich. Immer wieder lugte ich den Strand entlang und konnte nicht glauben, dass ich ein Schreck für einheimische Obstverkäufer sein sollte.

Plötzlich sah ich unsere seltsame Verkäuferin auf uns zu kommen. Die beiden Kokosnüsse in ihren Händen interessierten mich nicht. Ich blickte nur immer wieder auf ihren wunderschönen bestickten Umhang, welcher ihr bis zu den Knöcheln reichte. ‚Sie muss sich irgendwo umgezogen haben', dachte ich.
Strahlend stand sie vor uns. Sie lächelte bezaubernd und sagte in gebrochenen Deutsch: „Ich Madonna, jetzt Foto."

HEIDEMÄNNCHEN

Rita öffnete das Fenster ihres Reihenhauses und atmete tief durch, denn sie war wieder von Kopfschmerzen geplagt. Deshalb hatte sie auch keinen Blick für den Gärtner Fred Bohlen, den ihr Mann während seiner Kur kennen gelernt hatte und der gegen einen kleinen Obolus gerade ihre Hecke verschnitt. Rita schloss das Fenster und dachte wieder an den seltsamen Brief, den sie vor einer Woche bekam und der sie zusätzlich peinigte. Er enthielt nichts weiter als das Foto einer jungen Frau. Diese war gertenschlank und mit blankem Busen inmitten blühenden Heidekrauts abgebildet. Auf der Rückseite des Bildes las sie wieder und immer wieder: „Für Friedhelm von seiner Kursonne Ulrike."
Und Friedhelm hieß Ritas Mann.

Bisher hatte Rita das Foto vor Friedhelm versteckt. Sie hatte Angst vor einer Aussprache, Angst vor einer vielleicht schrecklichen Wahrheit. Doch nun war diese Postkarte gekommen, die auf sie wie ein Hornissenstich wirkte. Rita las erneut: „Dein Heideblümchen kommt heute um 14.08 Uhr. Hole mich bitte vom Bahnhof ab. In Liebe Ulrike."
Ritas Körper straffte sich. Friedhelm war ein Lump. Heute morgen hatte er sie noch zärtlich geküsst, ihr eine Rose aus dem Garten gebracht und ihr einen schönen Tag versprochen. Den sollte er haben. Gleich, wenn er vom Joggen kam.

Als Friedhelm den Flur betrat, ging sie ihm zornig entgegen.
„Friedhelm, du bekommst Besuch."
„So? Wer will mich denn beehren?"
„Dein blondes Flittchen."
„Welches blonde Flittchen?"
„Du hast wohl die Heide vergessen?" sagte sie mit wachsender Erregung.

„Die Heide?“ stotterte Friedhelm, und Rita bemerkte mit Genugtuung, dass er der Antwort ausweichen wollte.
„Du erinnerst dich nicht? Blond, dürr und Stupsnase. Das sind doch deine Typen.“
„Heide Behrend? Ich hatte doch mit ihr abgemacht ...“
Rita sah, wie Friedhelm erschrocken schwieg.
Jetzt war sie perplex, denn die Frau auf dem Foto hieß Ulrike. Was sollte der falsche Name? Oder hatte er gar zwei Weiber? „Wer ist Heide Behrend?“, fragte sie drohend.
„Sie machte mir ein Sonderangebot.“
„Und das wagst du mir noch zu sagen?“
„Du solltest es erst zum Geburtstag wissen.“
„Interessant. Du nimmst dir also zu meinen Geburtstag ein Flittchen.“
„Rita, nun reicht es aber. Sie ist Therapeutin und kann vielleicht durch Akupunktur deine Kopfschmerzen heilen. Die Therapie sollte mein Geschenk für dich sein.“
„Und das soll ich dir glauben? Erkläre mir bitte die nächste Dame.“ Wütend warf sie ihm das Foto mit der jungen Frau vor die Füße.
Er hob das Bild auf, betrachtete es verdutzt und sagte: „Sie kommt mir irgendwie bekannt vor.“
„Irgendwie bekannt vor? Du Schauspieler! Um 14.08 Uhr sollst du sie abholen. Es ist deine Kursonne Ulrike.“ Rita sah, wie Friedhelm konsterniert auf das Foto starrte und immer wieder den Kopf schüttelte. Konnte ein Mensch so lügen? „Wenn du sie nicht kennst, brauchst du sie ja auch nicht abzuholen.“
„Das werde ich auch nicht. Ich vergrabe mich. Quatsch, ich meine, ich muss umgraben“, sagte er vollkommen durcheinander.

Um 14.30 Uhr klingelte es und als Rita öffnete, erkannte sie sofort diese Blondine vom Foto. Eine kleine Reisetasche stand neben ihr.

„Ich bin Ulrike Kleinschmidt. Kann ich Friedhelm sprechen?“ hörte Rita sie sagen.
„Was wollen Sie von ihm?“
„Wir kennen uns seit der Kur. Sie sind sicher seine Schwester?“
Rita war auf diesen Moment vorbereitet und doch knickten ihr fast die Beine weg. Sie antwortete nicht und bat diese Ulrike Kleinschmidt erst einmal ins Wohnzimmer. Endlich sagte Rita: „Ich bin Friedhelms Frau.“ Sie sah dabei mit leisen Triumph auf Ulrike Kleinschmidt, die bei dieser Offenbarung ganz blass wurde.
„Aber Friedhelm hatte mir geschworen, dass er geschieden ist und mich nie verlassen will. Sonst hätte ich mich doch gar nicht auf ihn eingelassen“, sagte diese vollkommen aufgelöst. Sie kramte seine Visitenkarte und las : „Dipl. Ing. Friedhelm Breitschuh.“ Dann nannte sie die vollständige Adresse, die sie auswendig wusste.
Rita nickte nur apathisch und sagte: „Ich koche jetzt für uns Kaffee. Wenn mein Mann aus dem Garten kommt, wird sich alles aufklären.“

Als Friedhelm ins Wohnzimmer trat, sagte Rita mit erregter Stimme zu ihm: „Das ist deine neue Frau, Ulrike Kleinschmidt.“
„Meine neue Frau? Du machst Späße.“ Aufatmend sah Rita, wie gleichgültig sich die beiden begrüßten und hörte ihr Gespräch.
„Schön, dass wir geheiratet haben, Frau Kleinschmidt“, sagte Friedhelm ironisch.
„Wir geheiratet? Ich kenne Sie überhaupt nicht“, erwiderte diese geschockt.
„Sie kennen mich nicht? Und wie kommen Sie zu meiner Visitenkarte?“
„Nun, die hat mir Friedhelm, mein Freund, gegeben.“

„Friedhelm? Ich ahne etwas. Ja, jetzt weiß ich, woher ich sie kenne“, sagte er erregt, und Rita sah mit grenzenlosen Erstaunen, wie ihr Mann aus dem Zimmer stürzte.

Rita schwieg und sah auf eine verlegene Frau Kleinschmidt. Was wird hier gespielt? Wer hat hier gelogen? fragte sie sich. Plötzlich betrat Friedhelm wieder den Raum.
„Ich weiß jetzt, Frau Kleinschmidt, wer ihr Freund ist.“
„Sie wissen?“
„Ihr Freund wollte mit meiner Visitenkarte bei Ihnen Eindruck schinden“, sagte Friedhelm wütend.
„Bestimmt nicht. Er ist so ein aufrichtiger Mensch ...“
„Aufrichtiger Mensch? Ein Hochstapler ist er.“
„Er ist niemals ein Hochstapler.“
„Jetzt nicht mehr, denn ich habe ihn zur Schnecke gemacht“, sagte Friedhelm grimmig und riss die Flurtür auf.
Rita sah irritiert, wie Fred Bohlen, der Gärtner, verlegen auf dem Flur stand und seine Jackenknöpfe zählte.
Noch mehr staunte sie, als Ulrike auf ihm zustürmte, ihn umarmte und rief: „Freue dich, Heidemännchen, ich bin schwanger.“

DIE RÜCKSEITE DER VENUS

An seinem 47. Geburtstag hatte Dietmar noch kein graues Haar, aber drei Tage später war er fast weiß. Und das im Wonnemonat Mai.

Seine Pechsträhne begann an einem Dienstagabend, als seine Frau das Nacktfoto entdeckte, auf dem seine Geliebte in der Pose der schlummernden Venus abgebildet war.

„Wer ist denn das, Dietmar?" hörte er Rita naiv fragen.

„Die? Ach, die ...", antwortete Dietmar gedehnt und suchte verzweifelt nach einer Ausrede. „Ach ja, dieses Foto. Es ist ein Schnappschuss von der Gemäldegalerie."

„Und wieso steht hier: Für mein Mauseschwänzchen?"

„Für mein Mauseschwänzchen?" Dietmar stierte konsterniert auf die Rückseite des Fotos. „Ich weiß nicht. Robert hat mir das Foto gegeben. Wegen der Lichteffekte."

„Na, dann rufe ich jetzt einmal Robert an."

„Das geht nicht. Ich meine ..."

„Was meinst du?"

„Es ist nicht der Robert, den du kennst. Es ist ... Ich habe ihn auf der Ausstellung kennen gelernt."

„Dir schenkt doch kein fremder Mann solch ein Bild, Dietmar."

„Aber Rita, wir sind Hobbyfotografen. Du weißt, uns interessiert weniger das Modell, uns interessieren die Effekte."

„Du mit deinen Effekten, ich kann dir einfach nicht glauben."

„Rita, ich setze doch nicht meine Ehe wegen irgendeiner Frau aufs Spiel", sagte er in möglichst vorwurfsvollem Ton, zog Rita an sich und massierte zärtlich ihren Nacken. Es half auch diesmal.

„Ich hoffe, du weißt, wo du hingehörst", hörte er sie etwas sanfter sagen und spürte, wie sie sich mit seinen Ausreden zufrieden gab. Als sie das Zimmer verließ, atmete er tief durch. ‚Noch solch ein Foto, dann bin ich geliefert', dachte er.

Dietmar setzte sich ins Wohnzimmer und goss sich einen großen Cognac ein. Gott sei Dank, dass Rita so naiv und eine Kunstbanausin ist, dachte er. Wehe, wenn sie von Doris erfährt und sich von ihm trennt: Die Villa gehört ihren Eltern; der Mercedes und das dicke Bankkonto ihr allein. An der ganzen Herrlichkeit konnte er teilhaben, solange die Ehe mit Rita gut ging. Aber – wenn er ehrlich war – hatte er sich innerlich von ihr entfernt.
Was war aus dem faszinierenden Körper der einst so schönen Rita geworden: Ihre Esssucht und ihre Leidenschaft für Kirschliköre hatte ihren Körper aufgeschwemmt. Sein Hobby, die Fotografie, ignorierte sie völlig.
Aber hatte sie sich nicht nach dem letzten Besuch ihrer Mutter verändert? Sie wollte sogar am Samstag mit ihm nach Kuba reisen – obwohl sie Flugangst hatte. Bei Professor Braun nahm sie wieder Klavierstunden. Und jeden Abend stand ein schöner Tulpenstrauß auf dem Abendbrottisch.
Trotzdem. Wenn er da an Doris dachte. Sie war mit ihren 23 Jahren halb so alt wie Rita und immer voller Lebensfreude. An ihrer fotogenen Figur mit ihren kleinen spitzen Brüsten erhitzte sich sein Blut. Aber Doris war auch eine Kratzbürste und verlangte ständig Bekenntnisse seiner Liebe.
Dietmar aber wollte sich zu nichts bekennen, höchstens zu seiner Bequemlichkeit.

Jeden Mittwoch ging Dietmar offiziell zum Kegeln, doch um fünfzehn Uhr war er stets schon bei Doris. Trotz ihres Studiums und ihres Zusatzjobs als Taxifahrerin nahm sie immer an diesem Nachmittag frei und bereitete sich und ihm unvergessliche Stunden. Aber heute war irgend etwas anders. Als er klingelte und sie öffnete, stand sie nicht wie sonst im Neglige vor ihm, sondern in Rock und Bluse. Sie entzog sich sogar seiner stürmischen Umarmung.
„Was hast du, Doris?“, fragte er, als er sich auf das Sofa setzte.

Er spürte ihre schlanken Arme um seinen Nacken und ihren distanzierten, forschenden Blick. Endlich hörte er sie fragen: „Liebst du mich eigentlich?"
„Das weißt du doch", antwortete er routiniert.
„Dann beweise es. Trenne dich von deiner Frau."
„Ich habe es dir schon oft gesagt: Das geht nicht so einfach. Lass uns nach meinem Urlaub darüber reden", sagte er und knöpfte ihr die Bluse auf.
„Wir reden jetzt, Dietmar. Ich will nicht mehr dein Betthäschen sein. Ich will dich ganz oder ..."
„Sprich nicht weiter, Doris."
„Doch. Gerade weil du mit einer ungeliebten Frau drei Wochen Urlaub machen willst. Beweise mir, dass wir beide eine Zukunft haben, oder knöpfe mir bitte die Bluse wieder zu."
„Ri ... ich meine Doris. Ich liebe dich. Wie soll ich es denn noch beweisen?"
„Fliege nicht mit. Schreibe deiner Frau einen Brief. Wohne bei mir."
„Doris, was verlangst du von mir?", fragte Dietmar mit gerunzelter Stirn, stand auf und ging aufgeregt in dem kleinen Wohnzimmer hin und her.
„Was ich verlange? Einen Mann, der mir ganz gehört und ehrlich ist. Einen Mann, der keine Angst hat, sich mit mir in der Öffentlichkeit zu zeigen. Einen Mann, der seine Liebe nicht verheimlichen muss."
„Das geht nicht so einfach, Doris."
„Dann geh", sagte sie energisch, stand auf und brachte ihm seinen Übergangsmantel.
Vollkommen geschockt schlich er ohne Abschiedskuss aus ihrer Wohnung und trat in den Hausflur. Noch einmal sah er sich um, sah in ihre grünen traurigen Augen, auf ihre schlanke Gestalt und fragte sich, ob es wirklich ihr Abschied war.
Als das Treppenhauslicht erlosch, spürte er, wie er fror.

Die Urlaubsvorbereitungen lenkten Dietmar ein wenig ab. Am Donnerstag, seinem letzten Arbeitstag, arbeitete er so intensiv, dass er vergaß, seiner Sekretärin in den Ausschnitt zu schielen. Aber der Schreck mit Doris saß tief. Immer noch gedemütigt, gab er seine Weisungen für die Zeit seiner Abwesenheit und fuhr endlich geschafft nach Hause.
Rita empfing ihn mit einem neuen Problem.
„Wo hast du deinen Pass?" hörte er sie fragen.
„In der Handgelenktasche."
„Und wo ist die?"
Seine Antwort war ein emsiges Suchen und dann sein Eingeständnis: „Sie kann nur im Büro sein."
„Na dann los und hol sie."
Aufgeschreckt durch die möglichen Folgen eines Verlustes brauste er wieder in Richtung Büro. Erfolglos.
‚Wo ist sie nur?' überlegte er, als er den Wagen wieder in die Sackgasse lenkte, an derem Ende ihre schneeweiße Villa hinter vier dicken Lindenbäumen hervorlugte.
Da sah er plötzlich vor ihrem Grundstück das Taxi von Doris, dessen Kennzeichen ihm wohlbekannt war. Als er sich vorstellte, welche Szenen sich jetzt in der Villa abspielen könnten, bekam er eine Gänsehaut und rutschte ganz tief in den Fahrersitz. Erst, als er das Auto mit Doris in die Hauptstraße einbiegen sah, fasste er sich halbwegs und steuerte mit kalten Füßen und heißer Stirn in die Garage.

Er erwartete, dass ihn Rita mit Drohungen oder Tränen empfing. Nichts geschah. Im Gegenteil, sie lächelte, und gerade dies empfand Dietmar als besonders teuflisch. Er sah, wie sie frische Tulpen in eine Kristallvase stellte und vernahm ihre Worte: „Hast du die Handgelenktasche?"
„Keine Spur."
„Aber ich habe sie", hörte er sie triumphieren, und ihm wurde siedend heiß: Die Tasche hatte er bei Doris vergessen.

Warum war Doris gekommen? Wollte sie die Konfrontation? Oder wollte sie ihn vielleicht in irgendeiner Form um Verzeihung bitten?
„Wo hast du sie denn gefunden?", fragte er scheinheilig, denn er musste Zeit gewinnen.
„Eine nette Taxifahrerin hat sie hergebracht."
„Wie kommt denn die zu meiner Tasche?"
„Das müsstest du doch wissen, du bist doch gefahren."
„Ach so, stimmt ja", sagte er gedehnt.
„Du musst dich bei ihr bedanken. Ohne deinen Pass hätten wir ein Problem."
„Ein Problem? Ja, sicher", sagt er zerstreut.
„Hier ist ihre Visitenkarte. Bring ihr einen Blumenstrauß als Dankeschön. Sie ist jetzt zu Hause."
„Nein, nie, niemals", rief er aufgeregt.
„Aber Dietmar, du solltest nicht undankbar sein."
Dietmar hörte misstrauisch ihre Worte, konnte aber an ihrem Tonfall keine Hinterlist heraushören. Zwischen Zweifel und Hoffnung schwebend, stieg er wieder in den Mercedes.

Dietmar kaufte einen Blumenstrauß mit 23 roten Rosen. Vielleicht tat ja Doris doch alles leid. Fünfzig Meter vor ihrem Wohnblock parkte er und rauchte erst einmal eine Zigarette. Irgendein Gefühl hielt ihn davon ab, sofort in ihre Wohnung zu stürmen. Plötzlich sah er Doris aus der Haustür treten – doch sie war nicht allein. Er stierte auf einen jungen Mann, der ihre linke Hand umklammert hielt und sie anlächelte.
Konsterniert gab er Gas und brauste davon. In einer Seitenstraße hielt er an und wollte die Rosen gerade in einem Papierkorb werfen, als ihm ein glänzender Einfall kam. Er brauchte perspektivisch ein neues und stärkeres Standbein für seine schwachen Stunden. Seine Sekretärin wohnte vielleicht achthundert Meter von ihrer Villa. Dietmar be-

schloss, ihr die Rosen persönlich zu überbringen, aber leider klingelte er umsonst. Er nahm eine seiner Visitenkarten aus der Tasche und schrieb auf der Rückseite: Ich denke immer an Sie, Dietmar. Dann steckte er die Karte zwischen die Rosen und band den Strauß an den Türknopf. Zufrieden mit seinem spontanen Entschluss gönnte er sich noch einen Schoppen in einer der vielen Weinschenken und fuhr eine Stunde später nach Hause.

Als er die Wohnungstür öffnete, empfing ihn Rita ganz aufgeregt.
„Sieh mal, Dietmar. Ich habe Rosen geschenkt bekommen."
„Rosen? Wer schenkt dir denn Rosen?", fragte Dietmar misstrauisch und erkannte mit Schrecken seinen eigenen Strauß.
„Sie hingen an unserer Eingangstür. Und schau, hier ist ja noch ein Kärtchen."
„Ein Kärtchen?"
„Ja, hier steht: Lassen wir alles wie es ist. Renate Schmidt. Verstehst du das?"
„Ich verstehe überhaupt nichts."
„Aber heißt nicht deine Sekretärin Renate Schmidt?"
Dietmar wurde es erneut sehr heiß. Er nahm das Corpus delicti in die Hand und stierte auf die Schrift. Krampfhaft suchte er nach einem Ausweg. Endlich sagte er aufatmend: „Das heißt doch Renato Schmidt. Ein Männername." Und als er sah, wie Rita erstaunt die Augen aufriss, fuhr er generös fort: „Aber ich will gar nicht mehr wissen, denn ich vertraue dir."
Ehe sie sich sammeln konnte, zerriss er das Beweisstück.
„Trotzdem, Dietmar, ich verstehe das Ganze nicht."
„Ich auch nicht", sagte er schweißgebadet, rieb sich sein Nasenbein und verließ das Zimmer.

Es geht aber auch alles schief, dachte Dietmar. Erst findet Rita das Foto, dann verlässt ihn Doris, schließlich distan-

ziert sich seine Sekretärin von ihm, und zu guter Letzt überforderte das Geschick fast die Gutgläubigkeit Ritas. Und das alles in drei Tagen. Seufzend streckte er sich im Sessel und beobachtete missmutig, fast deprimiert seine Frau, wie sie am Schreibpult die Papiere und das Geld für die Reise ordnete. Plötzlich sah er, wie Rita in seinem Reisepass blätterte, ein Foto entnahm und dieses endlose Sekunden betrachtete. Dietmar spürte fast körperlich eine bleierne Stille im Raum, und sein Magen signalisierte ihm eine Gefahr. Dann hörte er Rita scheinbar naiv fragen: „Dietmar, kannst du mir das Bild erklären?"
Er sprang wie elektrisiert auf, eilte zum Schreibpult und starrte ungläubig auf ein neues Foto. Eine splitternackte Frau mit Traumfigur war als Rückenakt abgebildet. Der seitlich geneigte Kopf lag im Schatten, doch an dem großen Muttermal an der Hüfte erkannte er Doris. Er nahm Rita das Bild aus der Hand, wagte aber nicht, es umzudrehen, denn er fürchtete erneut eine kompromittierende Widmung. Diese Hexe von Doris hatte sich ja einen schönen Abschied ausgedacht. Was tun?
„Dietmar, träume nicht. Ich habe dich etwas gefragt. Erkläre mir das Foto", hörte er wieder Rita.
„Was soll ich da noch erklären."
„Ich will alles wissen."
„Ja, Rita, ich war kurzzeitig mit Doris zusammen, aber ich schwöre dir, es ist Schluss."
Dietmar sah, wie Rita plötzlich blass wurde und sich in den Sessel sinken ließ. Endlose Sekunden verrannen. Da hörte er schließlich ihre tonlose Stimme: „Wer ist Doris?"
„Na, die Frau auf dem Foto."
„Das wagst du mir ins Gesicht zu sagen? Ich will mich für dein Hobby interessieren, für die Schattenwirkung auf dem Foto und du gestehst mir eine Liebschaft?"
„Ach Rita, ich habe ja nur ..."

„Eine dämliche Ehefrau. Damit ist Schluss. Ich reiche die Scheidung ein."
Schweißüberströmt setzte sich Dietmar wieder in den Sessel, goss sich einen großen Cognac ein und überlegte krampfhaft, wie er die Situation noch retten konnte.
Doch wie erstaunte er, als er Rita wie verwandelt aufstehen sah und fast heiter sagen hörte: „Gott sei Dank gibt es jemanden, der für dich liebend gern die Reise antritt."
„Für mich?"
„Für dich."
„Ja, wer ist denn dieser Trottel."
„Es ist kein Trottel, sondern mein Tulpenkavalier."
„Was für ein Tulpenkavalier?"
„Es ist Eduard, ich meine Professor Braun."

DIE VERSCHWUNDENE BODENVASE

Eva und Siegfried saßen stumm beim Abendbrot. Es war wieder einmal Dienstag, und dieser war stets quälend für Eva. Würde Siegfried, ihr sonst so liebenswerter Ehemann, erneut Geld aus der Haushaltskasse nehmen und am nächsten Tag wieder verstimmt nach Hause kommen? Plötzlich sprang Siegfried vom Tisch auf und eilte zum Telefon, welches auf der Flurkommode stand. Obwohl er die Tür fest hinter sich zuklinkte, hörte sie die letzten Worte des Gesprächs: „Ich habe genug von Barbara, ich nehme Silke."
Eva verschlug es die Sprache: Wo trieb er sich jeden Mittwoch herum?

Doch der nächste Mittwoch endete für Eva anders als sonst. Zwar kam ihr Mann wieder spät, aber er war fröhlich und aufgeschlossen. Schon von der Türschwelle rief er: „Evchen, ich habe eine Überraschung für dich."
„Eine Überraschung?"
„Du hast dir doch schon immer die Bodenvase mit den Fischmotiven gewünscht", sagte Siegfried.
„Die ist ja viel zu teuer, über 2000 Euro."
„Und genau die sollst du haben."
„Aber Siegfried, wer soll denn das bezahlen?"
„Das ist mein Geheimnis", sagte er lächelnd.
Eva ließ sich von der guten Laune ihres Mannes anstecken. Vielleicht hatte er eine Prämie bekommen, dachte sie.

Am nächsten Tag kauften sie zusammen die Bodenvase. Fünf Tage stand sie auf ihrem Platz, doch am nächsten Dienstag war sie wieder verschwunden. Statt dessen fand Eva eine Quittung vom Leihhaus in seinem Nachttischschränkchen. Sie zitterte vor Empörung. War ihm sein Geschenk so unwichtig? Sie musste unbedingt ihre Freundin Sabine um Rat fragen. Und zwar gleich morgen, am Mittwoch, wenn Siegfried wieder auf seiner Tour war.

„Nun sag' mir erst einmal, was du genau gehört hast", fragte Sabine und rührte in der Kaffeetasse.
„Ich habe genug von Barbara. Ich nehme Silke."
„Eva, du musst mir nicht antworten, aber klappt es im Bett nicht mehr mit euch?" Sabine flüsterte fast, aber Eva verstand.
„Ein stürmischer Liebhaber war er noch nie."
„Nun, nach allem, was du sagst, kann er nur in den P..."
„Bitte, sprich den Satz nicht zu Ende. Es wäre schrecklich, wenn deine Vermutung zuträfe."
„Und warum lässt du dir dauernd gefallen, dass Geld fehlt?"
„Weil ich stets das Gefühl habe, dass es mir nicht gehört."
„Wieso?"
„Seine Eltern schenken uns des Öfteren Geld. Jede Weihnacht sogar 1000 Euro. Du weißt, von meiner Seite kann nichts kommen. Meine Eltern haben mit sich selbst zu tun. Und ich soll nicht arbeiten gehen. Da bin ich also diejenige, die nichts gibt und nur bekommt. Verstehst du mich, Sabine?" Eva weinte fast.
„Beruhige dich, Evchen, ich verstehe dich. Aber so kann es nicht weiter gehen."
„Was soll ich tun?", fragte Eva verzweifelt.
„Prüf ihn, ob er treu ist."
„Prüfen? Wie denn?"
„Ich bin jetzt erst hierhergezogen. Dein Siegfried kennt mich nicht. Ich mach mich an ihn ran. Dann weißt du Bescheid."
„Untersteh dich, du Hexe."
„Du liebst ihn also noch. Dann verschaff dir endlich Gewissheit. Spioniere ihm mittwochs nach, oder sprich dich endlich mit ihm aus."
Eva ging nachdenklich nach Hause. Ja, sie musste etwas tun.

Als Eva die Wohnung betrat, war Siegfried schon zurück. Er saß deprimiert am Küchentisch und starrte in die Ferne.
„Siegfried, was ist los mit dir?", fragte sie.
„Nichts."
„Warum hast du meine Bodenvase versetzt?"
„Normalerweise stünde sie heute wieder hier. Ich verspreche dir, du bekommst sie bald wieder."
„Wofür hast du das Geld ausgegeben?"
„Vertraue mir."
„Vertrauen? Ich soll dir vertrauen, wenn du an Silke denkst?"
Sie beobachtete argwöhnisch seine Reaktion.
Aber er nickte nur apathisch. „Ich ahnte, dass du etwas weißt."
Da erinnerte sie sich des Gesprächs mit ihrer Freundin. Sie gab sich einen Ruck und sagte: „Gehen wir gemeinsam zu Silke."
„Ich konnte es mir denken", erwiderte Siegfried resignierend.
„Du hast nichts dagegen?"
„Im Gegenteil. Ich will endlich reinen Tisch machen."
„Gut. Gehen wir morgen."
„Morgen nicht, da ist geschlossen. Wir können frühestens am Samstag gehen."
Eva war wie vor den Kopf geschlagen. ‚Die Nutten haben Ruhetage', dachte sie schmerzlich.

Der Samstag kam. Sie stiegen ins Auto, und los ging die Fahrt. Außer dem Brummen des Motors war nichts zu hören, denn Eva und Siegfried schwiegen. Endlich hielten sie – vor der Pferderennbahn. Eva hörte, dass Silke im dritten Rennen starten würde. Aber das interessierte sie nicht mehr. Sie setzte auf Siegfried.

NEUES VOM STRICH

Eduard kam in seiner 30-jährigen Ehe nur einmal richtig zu Wort, und das war auf dem Standesamt. Das lag nicht an seiner temperamentvollen Frau Sabine, eher an seinem Phlegma. Wie oft schallte ihre helle Stimme durch das Treppenhaus: „Eduard, du hast ja schon wieder deinen Schlips bekleckert.“ Oder: „Eduard, putze endlich die Fenster.“ Seufzend fügte er sich ihrer stimmlichen Gewalt. Besonders peinlich war ihm, wenn Sabine ihn aufforderte, den Abfall hinunter zu tragen, und er wenig später, zum Gaudium der Hausbewohner, über den Hof trottete. In solchen Momenten überlegte Eduard, ob Sabine sein Glück oder seine Strafe war.

An irgendeinem Dienstag passierte das Malheur: Sabines Gebiss war angebrochen. Eduard, der seine Frau zum Zahnarzt begleiten musste, hörte befriedigt die Worte des Doktors: „Sie müssen zwei Stunden warten, dann ist alles fertig.“ Eduard glaubte, nun zwei Stunden Ruhe zu haben und wollte deshalb in die Einkaufspassage entweichen, aber Sabine zischte ihm zu: „Eduard, wir haben schwei Schtunden Scheit, wir fahren schuschammen.“ Ja, so klangen ihre Worte. Eduard hörte sofort, dass Sabine ohne Gebiss statt eines z oder s nur ein sch sprechen konnte.
„Ich verstehe dich nicht, Sabine“, sagte Eduard.
„Wir fahren einkaufen, ich will dir wasch scheigen.“
„Ohne Zähne?“
„Ohne Schähne.“
Und so musste Eduard durch die City trotten und Tüten, Taschen und Einkaufsbeutel tragen. Endlich meinte Sabine: „Eduard, die Scheit ischt um. Wir müssen zum Schanarscht.“ Wenig später saßen sie wieder in ihrem alten Opel, doch plötzlich merkte er, dass die Richtung nicht stimmte. Eduard wendete umständlich und missachtete dabei die durchgehende

Sperrlinie. Ausgerechnet in diesem Moment kam wie aus heiterem Himmel ein motorisierter Polizist und stoppte ihn.
„Oberwachtmeister Ziesche, bitte Ihre Fahrzeugpapiere."
Eduard reichte sie ihm.
„Sie haben die Sperrlinie überfahren. Ich muss sie mit einem Ordnungsgeld verwarnen."
Eduard knurrte etwas, aber da kam ihm Sabine zu Hilfe, und er hörte verwundert das nachfolgende Gespräch: „Verscheihung, Herr Schiesche ..."
„Oberwachtmeister Ziesche."
„Ja, ja, aber wir haben keine Scheit."
„Sie können sofort weiter fahren, wenn Sie zwanzig Euro zahlen."
„Schwanschig Euro schahlen?"
Eduard bemerkte, wie Sabine nicht nur Funken sondern auch Speichel sprühte und der Polizist zusammenzuckte. Er hörte Sabine fragen: „Herr Schiesche, können Schie nicht kürschen?"
„Natürlich kenne ich Kirschen."
„Nicht Kirschen, kürschen. Ich meine: Können Schie die schwanschig Euro nicht kürschen."
„Ordnungsgeld ist Ordnungsgeld."
„Wir haben aber im Schillertal nur schehn Euro geschahlt."
„Zillertal ist Zillertal. Wir sind in Deutschland."
„Nun gut. Übrigens Herr Schiesche ..."
„Oberwachtmeister Ziesche, bitte."
„Ja, ja, ich weisch, aber ihre Jacke ischt nicht schu. Esch fehlt ein Knopf."
„Das geht Sie gar nichts an."
„Und ihre Hände schittern."
„Sie zittern, weil Sie mich aufregen. Sie sind eine ... Schicke."
„Eine Schicke?"
Eduard sah, wie sich Sabine geschmeichelt in Positur setzte. Doch wie erstaunte er, als der Polizist ihm zuraunte: „Fahren Sie weiter, Sie sind schon genug gestraft."

KAFFEEBRAUNE FLIEGE MIT HALBGLATZE

Meine Hausärztin Doktor Ulrike Mörike war vielleicht Ende dreißig und sehr attraktiv. Offenbar war sie nicht verheiratet, denn sie trug keinen Ring. Wenn sie lächelte, hatte sie zwei tiefe Grübchen und die bekam ich immer dann zu sehen, wenn ich ihr versprach, schlanker zu werden. So begann ich an einem Neujahrsmorgen, die guten Vorsätze zu verwirklichen und begann mit Walking. Meine Trainingsrunde führte direkt an der Hundewiese vorbei, und da sah ich sie und sie mich. Aber auch ihr Terrier hatte mich im Visier und versuchte, in meine Waden zu beißen. Nur ihr Lächeln verhinderte meine Flucht.
„Guten Tag, Herr Heinicke. Schön, Sie aktiv zu sehen“, sagte sie.
„Ich bin ein Mann der Tat, Frau Doktor“, erwiderte ich und ignorierte die gefletschten Zähne des Terriers.
„Ich glaube, er mag Sie. Schaffen Sie sich auch einen Hund an.“
„Ich bin schon geschafft“, sagte ich hechelnd.
„Ein Tier hält jung, Herr Heinicke“, erwiderte sie und zeigte ihre beiden Grübchen.
„Meinen Sie?“
„Ich mache Ihnen einen Vorschlag: Behalten Sie Philipp von Bodenstein für die Zeit meines Urlaubs. Nur zur Probe. Sie täten mir damit sogar einen großen Gefallen.“
Als ich in ihre Augen blickte, stimmte ich widerstandslos zu.

Es war eine anstrengende Woche, in der meine Frau kaum ein Wort mit mir sprach und mich völlig ignorierte. Ich träumte jede Nacht von Gassi, Maulkorb und Hundefutter, aber ich träumte auch von zwei tiefen Grübchen.

Zum vereinbarten Termin eilte ich in ihre Praxis und übergab meinen Schützling.

„Na, war er brav?", fragte lächelnd meine Hausärztin.
„Er war brav, allerdings ..."
„Allerdings? Wie viele Bisswunden sind es denn?"
„Keine Bisswunden, Frau Doktor, aber seit einer Woche plagen mich rote Pickel." Ich zog mein Hemd aus und zeigte ihr meinen Rücken, den sie mit einer Lupe untersuchte.
„Ach, das ist nicht weiter schlimm. Das sind nur Hundeflöhe von Philipp. Das geht wieder vorbei."
Verunsichert schaute ich sie an, während Philipp sich kratzte und schüttelte.
Sie öffnete die Schreibtischschublade.„Hier haben Sie eine Karte für das morgige Jazzkonzert. Als kleines Dankeschön sozusagen."
Ich war selig und dachte den ganzen Abend an die gemeinsamen Stunden, an Stunden mit ihr.

Aufgeregt und extra fein parfümiert wartete ich im Foyer. Umsonst. Schließlich nahm ich beunruhigt meinen Platz ein. Als die Musiker bereits ihre Instrumente stimmten, setzte sich plötzlich ein älterer Herr mit Halbglatze und kaffeebrauner Fliege neben mich. Ich wollte ihn gerade auf den Irrtum hinweisen, da nickte er mir freundlich zu und sagte: „Danke für die Betreuung unseres Philipp. Übrigens, mein Name ist Mörike."

DER FREIE WUNSCH

Onkel Rudi war schon immer ein fröhlicher Mensch und stets voller Schabernack, aber seitdem er im Altersheim lebte, wurde er zum Unikum und ergötzte alt und uralt. Trotz seiner 91 Jahre konnte er noch immer manches Herz und als gelernter Flugzeugmechaniker fast jedes Schloss öffnen, weshalb er für alle vergesslichen Senioren fast so etwas wie die erste Hilfe war.
Ich besuchte meinen Onkel einmal wöchentlich, und wenn er mich sah, schlurfte er mir aufgeregt entgegen. Auf halbem Wege blieb er meist stehen, schwang seine Krücken und rief: „Ich habe dir etwas mitgebracht.“ Dann kramte er in seiner Hosentasche zwischen seinem Gebiss – welches er nur bei festlichen Anlässen einsetzte – und der Pillendose zwei oder drei Pralinen hervor, die er aus dem Zimmer seiner Nachbarin Agathe mitgenommen hatte. Wenn er einmal beim Mausen erwischt wurde, behauptete er stets, in seinem Zimmer zu sein. Die bildhübsche Ordensschwester Hermita nahm ihn dann immer in Schutz und meinte: „Herr Menzel ist nur ein wenig verwirrt.“

Neulich war ich zugegen, als Onkel Rudi das Schloss ihrer Stahlkassette reparierte. Anschließend hörte ich sie zufrieden sagen: „Danke, lieber Herr Menzel. Jetzt haben Sie einen Wunsch bei mir frei.“ Sie rechnete, dass Onkel Rudi wie immer antworten würde: „Nicht nötig, ich bin restlos glücklich“, doch diesmal sagte er mit einem verschmitzten Lächeln: „Danke, ich merke es mir.“
Als wir auf dem Flur standen und allein waren, brummelte er etwas sehr Seltsames: „Wenn du wieder kimmst, dann bin ich selig.“ Und er lachte dazu, dass sein weißer Haarkranz, die rote Knollenase und die riesigen Ohren nur so zuckten.

Ich nahm Onkel Rudis Drohung, selig zu werden, nicht ernst, denn ein Selbstmord kam für den lebensfrohen, schrulligen Mann so wenig in Frage, wie ein Frieden zwischen Agathe und Amelie, seinen beiden Verehrerinnen. Um so erschreckter war ich, als ich bei meinem nächsten Besuch viele aufgeregte Ordensschwestern über den Flur huschen sah.
„Was ist denn los?“, fragte ich Schwester Hermita, die an der Pforte stand und einen Telefonhörer durch die Luft schwenkte.
„Ihr Onkel ist verschwunden, bitte helfen Sie uns“, sagte sie mit geröteten Augen.
„Aber wie denn?“, fragte ich verunsichert.
„Erinnern Sie sich. Hat er Ihnen nicht gesagt, ob er heute irgend etwas vor hatte?“
Ich sagte leichtsinniger Weise, aber wahrheitsgemäß, dass mein Onkel selig werden wollte.
„Ach du lieber Himmel“, sagte da die Schwester und eilte zur Mutter Oberin.
Natürlich half ich bei der Suche und begann im Zimmer meines Onkels, welches nicht verschlossen war. Ich schaute sogar in seinen Kleiderschrank, denn neulich spielte er darin Flugzeug, und ein anderes Mal saß er im Beichtstuhl der Kapelle und imitierte Haustiere. Aber ich suchte umsonst. Nun studierte ich seine Tischplatte, auf der er seine schachbrettartige Gedächtnisstütze aus Papier mit Reißzwecken befestigt hatte. Vielleicht hatte er eine Nachricht aufgeschrieben. Auf jedes Feld war ein wichtiger Gegenstand seines Eigentums gemalt. Die Fernbedienung, die Ersatzbrille, das Einweckglas mit vielleicht fünfzig Kugelschreibern, sein Bitterwasser, der Schnupftabak und das Rasierwasser lagen am bezeichneten Platz, aber die Felder für Gebiss, Pillendose und Kassettenschlüssel waren leer. Also war er irgendwo unterwegs. Was tun? In meiner Not erinnerte ich mich an Agathe. Als sie öffnete, sah ich, dass sie nicht allein war,

denn Amelie stand mit gefalteten Händen am Fenster und blickte zum Kronleuchter.
„Agathe, haben Sie meinen Onkel gesehen?“, fragte ich erregt.
„Ich habe alles abgesucht und sogar unter mein Bett geschaut.“
Da wandte sich Amelie zu mir und sagte: „Das war übrigens vollkommen unnötig von Agathe, denn Rudi hat sich für mich entschieden.“
Sofort drehte sich Agathe zu Amelie um und sagte keifend: „Meine Pralinen nimmt er gerne. Aber du bist ja viel zu geizig.“
„Pralinen sind sein Tod“, sagte Amelie.
„Sein Tod ist deine Herzlosigkeit“, entgegnete Agathe, drohte ihr mit dem Stock und schubste sie aus dem Zimmer.

Der Streit nützte niemandem. Ich wollte nun Schwester Hermita über meine vergebliche Suche informieren, doch sie war nicht mehr an der Pforte. Seufzend stieg ich in die erste Etage, wo die Wohnräume der Ordensschwestern waren. Als ich vor der mir bekannten Tür Nummer 18 stand und klopfen wollte, schlug diese plötzlich auf, und Schwester Hermita stürzte fast in meine Arme. Sie blickte mich erschrocken an, doch dann erkannte sie mich und rief flehentlich: „Helfen Sie mir bitte, in meinem Zimmer spukt es.“
Ich beruhigte die Schwester und betrat vorsichtig ihren Raum. Da bemerkte ich tatsächlich, wie sich etwas in ihrem Bett bewegte. Mit einem Ruck riss ich die Daunendecke hoch und traute meinen Augen nicht. Ich ging ganz langsam und rückwärts aus dem Zimmer und ließ den Geist nicht aus den Augen. Dann fasste ich Schwester Hermita an beiden Händen, blickte ernst in ihre weit aufgerissenen Augen und sagte mit tonloser Stimme: „Mein Onkel ist nur ein wenig verwirrt.“

DIE TRAUMREISE

Friedhelm Schönborn hatte viele gute Eigenschaften, aber er war auch phlegmatisch und überaus sparsam. Wie oft hatte ihn seine Gerlinde zum Urlaub überreden wollen, doch er fürchtete die Reisestrapazen und die Geldausgaben. Gerlinde ließ jedoch nicht locker und bedrängte ihn an einem Freitag erneut. „Friedhelm", sagte sie, „lass uns endlich verreisen."
„Deine Vorstellungen von Erholung sind andere als meine."
„Dann gehe bitte ganz allein zum Reisebüro und suche aus. Ich akzeptiere jede deiner Entscheidungen."
„Die Reisebüros wollen doch nur an uns verdienen."
„Dann buche bei Frau Wingert, die kennt uns und wird uns gut beraten."
„Und du akzeptierst dann meinen Wunsch?"
„Jede Entscheidung von dir, Ehrenwort."

Unsicher betrat Friedhelm das Reisebüro und ließ sich in den Sessel plumpsen. Er wurde erst etwas munterer, als er in den Ausschnitt von Frau Wingert schielte. Nach der Begrüßung stellte sie eine Tasse Kaffee vor ihn hin und sagte: „Ihre Frau hat Sie schon angekündigt. Wo soll denn die Reise hingehen, Herr Schönborn?"
Friedhelm dachte erst an eine mehrtägige Höhlenwanderung, denn Gerlinde hatte Platzangst und würde ihn dann in Zukunft in Ruhe lassen, doch dann sagte er: „Keine lange Anreise, viel Botanik, Vogelgezwitscher, Ruhe, etwas Aktivurlaub."
„Also keine Fernreise."
„Um Gottes Willen."
„Soll es ein Badeurlaub sein?"
„Ein kleiner Swimmingpool zum Abkühlen genügt."
„Vierzehn Tage?"
„Vierzehn Tage."
„All inklusive?"

„Ja, aber ohne Essen."
„Ohne Essen?"
„Wir beköstigen uns selbst, Wein sollte aber unbegrenzt zur Verfügung stehen."
„Sehr ungewöhnlich, Herr Schönborn. Wie wäre es mit dem Mittelmeer?"
„Zu lange Anreise."
„Frankreich? Schweiz?"
„Nein, Deutschland soll es sein."
„Mecklenburg, Ostsee, Schwarzwald?"
„Alles zu weit."
Nun schaute Frau Wingert doch etwas betreten, denn ihr fielen keine Reiseziele mehr ein. Plötzlich sprang sie hoch. „Ich hab's", rief sie, „alles wie Sie es wünschen. Und das Beste: Es kostet sie gar nichts."
„Gar nichts?"
„Im Gegenteil. Wenn Sie einverstanden sind, erhalten sie sofort fünfzig Euro."
Gespannt hörte Friedhelm das Angebot, dann nickte er zufrieden und ging mit grinsendem Gesicht nach Hause.

Strahlend betrat er die Küche und sagte zu Gerlinde: „Gerlinde, ich habe mich entschieden."
„Ich freue mich riesig", sagte Gerlinde und fiel Friedhelm nach langer Zeit wieder einmal um den Hals. „Lass mich nicht länger warten. Was hast du denn gebucht?"
„Eine kleine Oase. Es ist ein Traum."
„Nun sag schon."
„Ein Bungalow mit Swimmingpool, zwei Papageien, drei Zirbelkiefern. Der Wein ist umsonst. Ja, wir bekommen noch fünfzig Euro geschenkt. Es ist wie am Mittelmeer."
„Mittelmeer?"
„Ja, Mittelmeer. Frau Wingert macht dort vierzehn Tage Urlaub."
„Was geht uns Frau Wingerts Urlaub an?"
„Wir betreuen ihren Garten."

DAS GEHEIMNIS DES KLOSTERGARTENS

Das Kloster Drübeck bietet alles, was zur Ruhe und Entspannung benötigt wird, es ist eine Idylle am Rande des Harzes. Gleich am ersten Tag zog es Angelika und Hans Gustav in den gepflegten Klostergarten, in dem sich der Rosenduft mit einem Hauch geheimnisvoller Vergangenheit vermischte. Sie hatten sich auf der Freizeitmesse kennengelernt, wo sie beschlossen, an dieser Fastenkur teilzunehmen. Noch wusste Angelika nicht viel von dem schmalen Mann mit dem schütteren Haar und den zarten Händen, doch träumte sie schon vom gemeinsamen Glück und beschloss, ihn zu behüten wie Mutter Oberin ihre Nonnen.

In der Fastengruppe quälten sich elf Frauen und drei Männer, doch alle behaupteten, zufrieden mit ihrer Entscheidung für die Kur zu sein.
Früh schwelgten die Teilnehmer bei Tee und Vitaminpulver, nachmittags wurde die Safttheke gestürmt, und abends war die Hochstimmung vollkommen, wenn in der Gemüsebrühe einige Fasern umher schwammen. Angelika belohnte Hans Gustav stets mit einem Lächeln, wenn er ihr einige Kubikzentimeter des Festessens übrig ließ. Ihr Stolz auf ihn steigerte sich noch, wenn er den Damen galant den Brennnesseltee servierte oder ihre Zitronenscheiben ausquetschte, was ihm allerdings nie ergiebig genug gelang.
Je mehr der Zuckerspiegel bei Hans Gustav sank, desto süßer fand sie ihn, denn sie bildete sich ein, dass er für sie leiden würde. Ihr Mitgefühl für ihn wurde grenzenlos, als Hans Gustav ihr gestand, welche Probleme er mit dem täglichen Einlauf hatte, aber noch wagte sie nicht, ihm bei der Einführung des Irrigators behilflich zu sein.

Auch bei den morgendlichen Atemübungen beobachtete sie ihn mit Sorge, denn seine Atemwellen – vom Bauch über den Rücken zur Brust – glichen dem Furz eines Schwanes auf ruhiger See. So meinte jedenfalls hämisch der dicke Alfred, der Tierpfleger in einem Zoo war.
Während der Ernährungsberatung registrierte Angelika zufrieden, dass Hans Gustav kluge Fragen stellte, sich eifrig Notizen machte und vom Grab der Äbtissin bis zum rostigen Nagel im Dachgebälk alles fotografierte.
Sie stolzierte täglich mit ihm durch den Klostergarten, in welchem eine Gruppe von Vikaren ihre Pausen verbrachte und ebenfalls lustwandelte. Ein blasser Jüngling mit schwarzem Haar grüßte stets sehr aufmerksam und blickte ihnen lange nach.

Am vorletzten Tag erhielt Angelika einen ersten Schock, denn Vera und ihre Freundin entdeckten in der Zeitschrift „Schlank für immer" einen großen Bericht mit Fotos über ihre Fastenkur. Besonders erbost waren beide, als sie ihre bisherigen Eßgewohnheiten schonungslos aufgelistet fanden. Die aufgebrachten Damen fanden schnell heraus, dass der Verfasser niemand anders als Hans Gustav war. Als Vera ihm zwei Backenstreiche verpasste, blieb ihm nur die Flucht. Eine Stunde suchte Angelika ihren Hans Gustav, bis sie ihn schließlich im Klostergarten fand. Da bekam sie ihren zweiten Schock, denn sie sah, wie ihr Liebster mit dem blassen Jüngling händchenhaltend lustwandelte und ihm schließlich einen langen Kuss gab.

DAS VERZAUBERTE SCHIFF

Wenn ich an unseren Ausflug auf Zypern denke, verwirren mich die damaligen Ereignisse noch immer.
Unser vollkommen schwarz gestrichenes Schiff tuckerte an der Südostküste dahin, drehte planmäßig vor Famagusta und stoppte dann in einer idyllischen Bucht. Hier lagen noch andere Ausflugsschiffe vor Anker, und ringsherum kreischte und juchzte es aus dem Wasser. Mit einem kühnen Kopfsprung gesellte ich mich zu den badenden Urlaubern und ließ meine Frau mit einem geschwätzigen Herrn nebst seiner stinkenden Zigarre allein.
Viel zu früh, schon nach etwa fünfzehn Minuten, tönte die Schiffssirene. Als ich wieder an Deck enterte, war unser Vierertisch leer. Wo waren meine bessere Hälfte und der Zigarrenqualmer? Wilde Gedanken schossen durch meinen Kopf, doch der Schiffskellner lenkte mich ab, da er einen deftigen Lammbraten auf den Platz meiner Frau stellte. Nach alter Familiensitte stibitzte ich einen Teil der Garnierung, säbelte mir ein Stückchen Fleisch ab und tarnte die Schnittstelle mit Tomatenscheiben. Als ich gerade genüsslich kaute, setzte sich ein fremder Herr neben mich und aß mit einer Selbstverständlichkeit weiter, dass meine Augen immer größer wurden.
„Entschuldigen Sie, das ist das Essen meiner Frau“, sagte ich.
„Das kann nicht sein, denn Sie sitzen falsch.“
„Ich sitze immer so.“
„Nun, ich meine, dass dieser Platz vor der Badepause leer war und Sie sich einfach hingesetzt haben.“
Diese Antwort war eine gemeine Lüge, doch nur mit nasser Badehose, ohne Frau und Rucksack sowie vollkommen mittellos hat man schlechte Argumente.
Ich suchte auf dem ganzen Schiff nach meiner Frau und vergaß auch nicht, diesen oder jenen Tabaksqualm hinsichtlich seines Produzenten zu überprüfen. Alles vergeblich.

Nun geriet ich in Panik, denn meine bessere Hälfte kann nicht schwimmen.
„Kapitän", rief ich zum Schiffer mit dem eisgrauen Bart, „ich suche meine Frau."
Der haute sich vor Freude auf die Schenkel und antwortete im besten Deutsch: „Auf Zypern ist es meist umgekehrt."
Erst nach eindringlichem Bitten erfasste der Schiffsführer meine Verzweiflung, veranstaltete eine Gästezählung und kontrollierte die Tickets.
„Es sind 81 Urlauber an Bord", sagte er.
„Ja, und?"
„Das ist einer zuviel. Aber das macht nichts."
„Bitte prüfen Sie noch einmal", bat ich verzweifelt. Der Kapitän ließ den Koch nochmals zählen, aber das Ergebnis blieb unverändert.
Fassungslos blickte ich an dem Kapitän vorbei in die Landschaft. Da stutze ich.
„Kapitän, sind wir eigentlich auf der Discovery?"
„Selbstverständlich."
„Warum fahren wir aber diese Strecke zweimal?"
„Ich verstehe nicht."
„Das Hotel dort sehe ich heute zum dritten Mal."
„Unmöglich. Wir fahren nur hin und zurück."
Ich war fix und fertig: Die Frau ist mit einem Verehrer verschwunden – aber eine Person ist zuviel an Bord.
Ich sitze angeblich am falschen Tisch – obwohl es der richtige ist; die Landschaft verdoppelt sich – ohne dass ich auch nur den geringsten Schluck Alkohol zu mir genommen habe.
Fast irre starrte ich den Schiffsführer an, dem ich offensichtlich sehr leid tat. Er nahm plötzlich sein Handy und führte ein Gespräch. Als er das Telefonat beendet hatte, lachte er aus vollem Halse und goss mir ein großes Glas Rotwein ein.
„Ihre Frau sitzt im Hafen und raucht Zigarre."
„Ist sie dorthin gerudert?", fragte ich.

„Nein. Sie ist mit der Discovery ordnungsgemäß angekommen."
„Ich denke, das hier ist die Discovery?"
„Auch. Es gibt die Discovery I und II. Sie haben nach dem Baden versehentlich das Schwesternschiff bestiegen."
„Gott sei Dank. Dann ist ja alles in Ordnung."
„Erst, wenn Sie zehn Pfund nachzahlen."
„Wieso?"
„Sie fahren zweimal."

DIE ÜBERLISTETE FAULENZERIN

Eva Ott saß behaglich in ihrem Schaukelstuhl und blinzelte in die Sonne. Ach, wie schön ist doch die Arbeitslosigkeit, dachte sie, denn sie gehörte der Minderheit in Deutschland an, die nicht arbeiten, aber vom Staat abkassieren wollte. Sie war 55 Jahre, vollschlank und der ständigen Drohung des Arbeitsamtes ausgesetzt, noch vermittelt zu werden. Bisher konnte sie immer irgendwie begründen, weshalb die Annahme gerade dieses Jobs für sie unzumutbar wäre. Eva ahnte nicht, dass Fräulein Biesenroth vom Arbeitsamt inzwischen sehr misstrauisch geworden war und jede ihrer Ausreden als persönliche Niederlage empfand. Eines Tages wurde Eva zu einer Aussprache eingeladen.

Als Eva, faltenfrei und braungebrannt, der Beamtin gegenübersaß, fühlte sie sich doch unbehaglich.
„Frau Ott, Sie sind nun schon zwei Jahre arbeitslos“, begann Fräulein Biesenroth mit amtlicher Stimme zu reden.
„Weil ich bisher nichts Passendes gefunden habe“, unterbrach Eva.
„Sie haben bisher jede Stelle als Serviererin abgelehnt.“
„Musste ich, wegen meinem Kreuz.“
„Der Arzt hat Sie gesund geschrieben.“
„Der irrt sich. Ich werde nicht lange durchhalten.“
„Sie müssen. Wenn Sie diese Arbeit nicht annehmen, dann ...“
„Was dann?“
„Dann sperren wir Ihnen das Arbeitslosengeld.“

Nun war Eva in Not, denn ihr war bewusst, dass sie den Vorstellungstermin im „Grauen Mönch“ wahrnehmen musste. Natürlich kam sie fünfzehn Minuten verspätet, wie es ihre Strategie vorsah. Mit klopfendem Herzen betrat sie das vornehme Restaurant im Zentrum von Berlin.

„Tachchen, wo ist denn hia der Geschäftsführer?“, fragte Eva betont salopp die Dicke hinter der Theke.
„Sind Sie Frau Ott?“
„Na logisch.“
„Sie werden schon erwartet.“
Eva ließ sich zum Zimmer des Allgewaltigen führen. Ein Herr mit grauem Haarkranz, grauer Fliege und grauem Gesicht kam ihr entgegen und sagte: „Guten Tag, Frau Ott. Das Arbeitsamt hat Sie uns als höchst geeignet geschildert. Ich heiße Möhlmann. Bitte setzen Sie sich.“
Eva wurde bei diesen Worten unruhig und entschied sich für eine Gewaltmaßnahme. „Na so was, darauf muss ich einen trinken“, sagte sie, holte ein kleines Schluckfläschchen aus ihrer Tasche und ließ den Inhalt in die Kehle laufen. „Jetzt ist mia wohler“, sagte sie und zeigte Herrn Möhlmann ihre präparierten schwarzen Fingernägel.
Zu ihrer Überraschung nickte dieser nur freundlich und sagte: „Wir wissen Ihre originelle Art zu schätzen.“
Da fasste Eva Mut und beschloss, deutlicher zu werden, denn letzten Endes brauchte sie nur die Bestätigung, ungeeignet zu sein.
„Wissen Sie, Ihr Café gefällt mir ausgezeichnet“, sagte Eva, „aber leider kann ich weder lange gehen noch stehen.“
„Ich bin auf Ihre Antwort vorbereitet, Frau Ott.“
Eva war nun etwas irritiert, sagte aber weiter: „Sie sollten eins wissen: Ich habe überhaupt keine Lust zu arbeiten. Am liebsten rauche ich eine, trinke ein Käffchen und beobachte die Leute.“
„So, so.“
„Am Tage arbeite ich sowieso ungern.“
Herr Möhlmann machte sich eine Notiz und nickte nur. „Frau Ott, je mehr ich Ihnen zuhöre, desto mehr überzeugen Sie mich.“
„Wie meinen Sie das?“

„Dass Sie unfähig sind zu arbeiten."
„Na sehen Sie. Dann unterschreiben Sie mir doch sicher diesen Wisch."
„Welchen Wisch?"
„Den hier vom Arbeitsamt. Dass ich für Sie ungeeignet bin."
„Ich kann Ihnen bestätigen, dass Sie zu faul sind zum Arbeiten und lieber fleißig abkassieren."
„Erlauben Sie mal. Als Geschäftsführer sollten Sie aber ..."
„Sie irren. Ich bin ein Kontrolleur des Arbeitsamtes."

DIE KIRSCHBAUMFALLE

Ich genoss den Vorruhestand. Meine Frau Rita erledigte den Haushalt, pflegte den Garten, regelte alles Schriftliche und verwaltete unser Geld. Ab und zu unterschrieb ich ihr irgendwelche Formulare, doch dann ließ sie mich in Ruhe, und ich konnte angeln gehen oder Doris besuchen. Seit einer Woche ist nun dieses schöne Leben vorbei, denn Rita fand den Brief mit der Telefonnummer meiner Geliebten. Und diese dumme Pute von Doris gab am Telefon alles zu und behauptete sogar, mich heiraten zu wollen.
Drei Wochen später meldeten sich unsere Bekannten Rudolf und Evelyne. Sie luden uns in ihren Garten zum Kirschen pflücken ein. Ich wollte ablehnen, doch seltsamerweise bestand Rita auf dem Besuch, obwohl ihr sonst Rudolf und Kirschen egal waren.

Alles verlief wie immer. Rudolf, der als Rentner noch bei einer Versicherung dazu verdiente, prahlte wieder mit seinen Abschlüssen. Ob der durchgescheuerte Finger eines Kassierers, der aufgeriebene Hintern eines Springreiters oder die Ohren eines Posaunisten, alles schien ihm versicherungswürdig. Er überzeugte sogar Langzeitarbeitslose, sich gegen Betriebsunfälle abzusichern. Aber uns ließ er bisher, Gott sei Dank, mit seinen Policen in Ruhe.
Auch heute protzte Rudolf, Evelyn hing begeistert an seinen Lippen, und komischerweise hörte auch Rita aufmerksam zu.
Der Kaffe war bald getrunken, die Torteletts verzehrt und meine Stunde gekommen, denn die Süßkirschen winkten. Rudolf und Evelyn ließen uns eine Weile allein, sie wollten noch abwaschen.
Ich nahm nun an, dass ich die Kirschen von den kleinen niedrigen Bäumen nehmen sollte, aber Rita sagte plötzlich:

„Nein, Robert, bitte pflücke von dem alten Baum. Bessere Süßkirschen hängen nirgendwo."
Ich war sehr erstaunt. Der etwa zehn Meter hohe Riese war morsch, und normalerweise hat meine Frau nur Angst um mich. Aber heute wollte ich nicht widersprechen und die Gunst meiner Frau wieder erringen. Wie ein von Rheuma geplagter Affe kletterte und hangelte ich bis in die obersten Zweige, das Eimerchen am Körper gebunden und mein Eheglück vor Augen. Es war eine gefährliche Prozedur, bei der ich meine Gesundheit riskierte. Immer wieder forderte meine Frau mich auf, ja nicht die obersten Zweige zu vergessen. ‚Was geht bloß in ihr vor?' dachte ich und sah mich schon durch die Äste stürzen. Endlich war ich fertig, und ich präsentierte Rita stolz den gefüllten Behälter. Natürlich hoffte ich auf ein verzeihendes Küsschen, doch sie schaute mich nur verbiestert an. Schließlich sagte sie: „Schade."
„Was schade?", fragte ich zurück.
„Ich dachte, du fällst vom Baum."
„Und was hättest du davon gehabt?"
„Dich eine Weile vom Hals und eine Menge Geld."
„Wieso?"
„Du bist gegen Unfall versichert."

DER SELTSAME BERGFÜHRER

Meine Ellen hatte wieder eine anstrengende Saison als Pianistin bewältigt und freute sich mit mir auf den Wanderurlaub im Pustertal. Ausgerechnet an unserem Anreisetag hatte unser Wirt Alois Geburtstag. Es war selbstverständlich, dass ihm meine Frau auf dem hauseigenen Klavier ein kleines Ständchen brachte. Abends aber sagte ich zu ihr: „Ellen, das war vorläufig dein letzter Auftritt. Du musst dich ab jetzt gründlich erholen." Da blickte sie mich traurig an und sagte kein Wort.

Alois war nicht nur unser Wirt, sondern auch Chef der „Südtiroler Schwalbensänger" und mit der Vorbereitung des nationalen Chorfestivals beschäftigt. Einen Tag vor dem Abschlusskonzert machte er mir plötzlich das Angebot, mit Sepp, seinem Freund und Bergführer, den Dürrenstein zu besteigen. Ellen meinte, diese Freundschaftsgeste könne ich nicht abschlagen. Wenn wir ganz früh aufstiegen, kämen wir ja noch rechtzeitig zum Konzert zurück.
Sepp holte mich am anderen Morgen um 9.00 Uhr ab, der Aufstieg war prächtig und die Sicht ausgezeichnet. Mich störte nur, dass der Bergführer alle 20 Minuten eine Pause machte und mir lang und breit immer wieder dieselben Pflanzen und Gipfel zeigte. Nach dem Abstieg wollte ich sofort in Richtung Auto stürmen, doch Sepp lud mich noch zu einem Jägertee ein. Als er dann bei Brückele in Seelenruhe zwei Kühen den Vortritt ließ, platzte mir der Kragen: „Sepp, warum tust du alles, damit ich das Konzert versäume?"
Er wurde verlegen und sagte irritiert: „Das darf ich nicht sagen."
Ich grübelte bis Toblach über diese seltsame Antwort, doch endlich standen wir wirklich vor der Tür des Gustav-Mahler-Saals. Dort wartete Alois und versperrte mir plötzlich

den Weg. Er sagte äußerst verlegen: „Erhard, ich habe keinen anderen Ausweg gewusst."
„Was für einen Ausweg?", fragte ich verstört.
„Alice ist krank geworden."
„Eure Milchkuh?"
„Nein, unsere Pianistin." Er öffnete die Tür zum Saal, in dem gerade die „Südtiroler Schwalbensänger" Aufstellung nahmen. Seitlich stand ein Klavier. Und davor saß Ellen.

KURSONNE MIT BEWÖLKUNG

Es war meine erste Kur, und meine Freunde prophezeiten mir zahlreiche erotische Abenteuer. Mit großer Neugier begann ich deshalb meine Reise und dachte an die vielen Kurschatten, die mich sicher schon am Bahnhof belagern würden.

Leider wurde der Bahnhof vor einem Jahr abgerissen. Stattdessen hielt der Zubringerbus an einer einsamen Station, an der ich allein ausstieg und wo mir noch nicht einmal ein Hund zujaulte.
Ich ließ mir die Hoffnung nicht nehmen, denn es war Mai, und der Rhododendron leuchtete in den schönsten Farben. Als ich gerade auf den Ortsplan starrte und meinen Standort suchte, kam mir eine bildhübsche Schwester entgegen. Ihre Brüste schimmerten durch ihre rosa Bluse, sodass ich vollends die Orientierung verlor. Ich bat sie um Auskunft.
„Die nächste Straße rechts, dann sind sie gleich da", sagte sie lächelnd.
„Danke, Schwester Margitta", sagte ich, denn sie trug ein Namensschildchen halblinks über der prallen Brust.
„Wir sehen uns bald wieder", sagte sie schon im Gehen und weckte damit eine große Vorfreude in mir.

Selbst die Ärztin, die mich ausgiebig untersuchte und wegen meines trägen Darms bedenklich den Kopf schüttelte, konnte meine gute Laune nicht trüben. Die Anmeldeformalitäten waren zeitraubend, doch endlich klopfte ich an der letzten der mir zugewiesenen Türen.
Plötzlich stand mir wieder Schwester Margitta gegenüber. Ich durfte mich setzen und schnupperte wohlig einen Duft jugendlicher Frische und Jasmin. Sie nahm sich viel Zeit, befragte mich und füllte sorgfältig ein Formblatt aus.

„Sie will dich auch persönlich kennen lernen“, dachte ich zufrieden. Schon nahm sie meine Hand und tastete nach meinen Puls, wobei ich mir mein Behagen deutlich anmerken ließ.
„Wie schön, Schwester Margitta, dass ausgerechnet Sie mich betreuen“, sagte ich.
„Wir werden uns bald wiedersehen, ob Sie wollen oder nicht.“
„Wann denn, Schwester Margitta?“, fragte ich aufgeregt.
„Morgen früh um 7.00 Uhr, Zimmer 112.“
„Und Sie sind ganz allein für mich da?“, fragte ich zweifelnd.
Sie antwortete nur mit einem Lächeln, welches mir aber deutlich mehr als nur berufliche Pflicht signalisierte.

Nach einer unruhigen Nacht stand ich endlich frisch parfümiert und überpünktlich vor der bezeichneten Tür. Leise klopfte ich und hörte sofort ihre erotische Stimme: „Herein.“
Kaum trat ich in den Raum, bat sie mich lächelnd auf die Liege, welche hinter einer spanischen Wand stand. Als ich aber meine Hose ausziehen sollte, wurde mir doch ein wenig mulmig. Da sie mich – vielleicht, weil sie sich frisch machen wollte – für einige Minuten alleine ließ, beruhigte ich mich wieder. Wohlig schloss ich die Augen und träumte von ihrem ersten zärtlichen Kuss. Plötzlich beugte sich eine stramme Schwester über meinen Körper und wünschte mir so ganz nebenbei einen „Wunderschönen guten Morgen.“
„Wo ist denn Schwester Margitta?“, fragte ich hilflos.
„Es ist Schichtwechsel“, sagte sie schmunzelnd, rollte mich auf die Seite und gab mir einen kräftigen Einlauf.

DAS ERHÖRTE GEBET

Veras 16-jähriger Sohn Johann war ein großer hübscher Bursche, doch leider etwas begriffsstutzig. Seine Zeugnisse waren so schlecht, dass ihn kein Meister in die Lehre nehmen wollte. Als wieder eine Absage ins Haus flatterte, fragte Vera ihren Mann bekümmert: „Kalli, was machen wir mit Johann?"
„Es gibt vielleicht noch bei Ullrich Bölke eine Chance."
„Ullrich Bölke?", fragte Vera erstaunt und wurde puterrot.
„Ja, er hat gestern seine Fahrradwerkstatt wiedereröffnet. Du hast ja einmal bei ihm gearbeitet, sprich mit ihm."
Vera wusste, dass Kallis Vorschlag vernünftig war, trotzdem zitterte sie am ganzen Leibe, denn die Vergangenheit drohte sie einzuholen. Hoffentlich blieb ihr jahrelang gehütetes Geheimnis unentdeckt.

Als Kalli zu seiner Baustelle eilte, kamen Vera die Erinnerungen. Sie, das hübsche, etwas schüchterne und gutmütige Mädchen, heiratete damals mit 19 Jahren den Maurer Karl Klingner. Er war ehrlich, aber grob und unfähig, die vielen Gefühlsnuancen Veras wahrzunehmen. Aber die Heirat bot Vera die Chance, sich von ihrer bestimmenden Mutter zu lösen und ihr eigenes Leben zu gestalten. Es war eine halbe Chance, denn Karl Klingner interessierte sich nicht für die Oper, las kaum ein Buch und hasste die Pflichten im Hausgarten.
Im ersten Jahr ihrer Ehe verdiente sich Vera ein Zubrot beim Mechanikermeister Ullrich Bölke, der Fahrräder verkaufte und reparierte. Er war ein kunstverständiger Mann, von dem Vera viel lernen konnte und der sehr einfühlsam war. Bald hatte dieser blonde Hüne eins seiner verschiedenenfarbigen Augen auf Vera geworfen. An einem Faschingsnachmittag schloss Ullrich Bölke eher sein Geschäft, hob Vera mit einer

Bowle aus dem Sattel und beglückte sie auf seiner grünen Liege. Sie schämte sich so sehr, dass sie – allerdings zu spät – auf die Bremse trat und kündigte.
Einige Monate später gebar sie einen hübschen Jungen, den ihr Mann bald stolz durch die Nachbarschaft kutschierte. So war für sie das Vaterschaftsproblem auf einfache Weise gelöst, zumal Ullrich Bölke sein Geschäft aufgab und fortzog.
Vera, mit den Jahren ein wenig rundlicher geworden, betete mehrere Ave Maria, dass es nicht derselbe Ullrich Bölke war, den sie nun wegen ihres Sohnes aufsuchen sollte.

Sie betete umsonst. Schon bei seinen ersten Worten am Telefon erkannte sie ihn an seiner tiefen Stimme.
„Hallo, hier ist Vera Klinger", sagte sie.
Erst war es am anderen Ende still, dann hörte sie: „Vera Klingner? Vera? Ich habe viele Jahre auf deinen Anruf gewartet. Wie geht es dir?"
„Mir ginge es besser, wenn mein Junge einen Lehrvertrag hätte. Aber er ist begriffsstutzig wie sein Vater."
„Solche Dussel gibt es. Wie kann ich dir helfen?"
Vera merkte, dass Ullrich Bölke die kleine Anspielung auf eine mögliche Vaterschaft nicht verstanden hatte.
„Ich dachte, er könnte bei dir anfangen. Du darfst doch Lehrlinge ausbilden?"
„Schon, schon, aber mein Geschäft habe ich gerade erst eröffnet, und ich bin noch immer allein."
„Es soll ja auch erst ab September sein."
Nach einer Weile sagte Ullrich Bölke: „Vera, lass mich überlegen. Komm abends nach Geschäftschluss zu mir. Dann reden wir weiter. Aber bringe dir Zeit mit."

Mit zwiespältigen Gefühlen betrat Vera den Laden von Ullrich Bölke. Durch die geöffnete Nebentür sah sie plötzlich das Kopfende der noch immer grünen Liege, bei deren Anblick ihr der Schweiß ausbrach. Sie schwitzte noch mehr, als Ullrich Bölke aus dem Nebenraum kam.16 Jahre hatte sie ihn nicht gesehen, aber was sie erblickte, war dermaßen unglaublich, dass sie am ganzem Leibe zitterte. Sie murmelte nur einen kurzen Gruß und verließ in Panik das Geschäft. „Niemals, niemals, niemals", hämmerte es in ihrem Kopf. Nein, dieser Lehrvertrag durfte nicht zustande kommen. Kalli würde alles merken.

Vera war entsetzt, weil Kalli ihre Ausrede nicht glauben wollte. „Er nimmt keine Lehrlinge? Er schuldet mir noch etwas. Komm, wir gehen beide noch einmal zu ihm."
„Nein, nicht", rief Vera, klammerte sich an ihrem Kalli fest und küsste ihn viele Male ganz außer der Reihe.
Aber es nützte nichts, Kalli bestand auf diesem Besuch.

Vera betrat als letzte den Laden und erwartete den Weltuntergang, der nach dem Anblick Ullrich Bölkes kommen musste. Sie bemerkte sofort wieder die frappierende Ähnlichkeit ihres Sohnes mit Ullrich Bölke: Die blonden Locken, die Hakennase, die Gesichtsform, die verschiedenfarbigen Augen, die Grübchen, die mächtige Statur – kürzer und billiger könnte ein Vaterschaftstest nicht erfolgen als dieser Vergleich. Nur die Falten und Tränensäcke warfen einen bescheidenen Tarnmantel über Ullrich Bölke.
Vera staunte, dass sich die befürchtete Reaktion ihres Mannes nicht zeigte: Kalli interessierte nur die Lehre seines Sohnes. Vera hörte ihren Mann drohend fragen: „Wird es nun etwas mit dem Vertrag, Herr Bölke?"
„Natürlich. Wir müssen aber noch einige Einzelheiten bereden", sagte Ullrich Bölke.
„Besprechen Sie das Weitere mit meiner Frau", sagte Kalli und Vera sah erleichtert, wie ihr Mann zufrieden das Ge-

schäft verließ. Mit ungutem Gefühl nahm sie zur Kenntnis, wie Ullrich Bölke den Laden abschloss und ihr einen Platz in dem kleinen Nebenraum anbot. Nach einer Bowle entstand Johann, mit einer Bowle sein Lehrvertrag, und neben der Bowle winkte wieder die grüne Liege. Aber Vera blieb diesmal standhaft. Sie verschwieg auch weiterhin Ullrich Bölke, dass er Johanns Vater war.

Als Vera nach Hause kam, schrie ihr Mann sie an: „Das habe ich alles dir zu verdanken, aber ich spiele nicht mehr mit."
Vera sah, wie Kalli vor Wut schäumte.
‚Er hat es erfahren, nun ist alles aus', dachte sie.
„Was hast du?", fragte sie unsicher.
„Meine Geduld ist zu Ende. Schau dir das an."
Vera erschrak, als Kalli Johanns Zimmer aufriss und auf den Jungen zeigte. Johann lümmelte im Sessel, hörte Technomusik und nahm seine Umwelt scheinbar nicht wahr. Seine blonden Locken waren abrasiert, ein kleiner Rest war blau gefärbt und an beiden Nasenflügeln trug er einen Brilli.
‚Besser kann der liebe Gott ihn nicht tarnen', dachte sie und schloss wieder das Zimmer.
„Das kommt alles von deiner dämlichen Toleranz. Dauernd rennst du zur Kirche und betest. Was sagt denn dein Gott zu dieser Maskerade?"
„Mein Gott hat mich soeben erhört", sagte sie nur und ließ ihren verblüfften Kalli stehen.

IRRUNGEN EINES JOGGERS

„Erika, ich sehe Richard kommen. Wir fahren gleich in die Heide und joggen dort", sagte ich zu meiner Frau.
„Wie lange lauft ihr heute?", fragte Erika zurück.
„Die große Runde, cirka zwei Stunden."
„Also startet ihr vom großen Parkplatz?"
„Das weißt du doch", sagte ich.
„Aber Bert, denke daran: Schließe diesmal das Auto ab."

Richard war seit Jahren mein Nachbar und Sportkamerad. Wir fuhren die zwei Kilometer bis zum Heiderand, und los ging es. Nach vielleicht tausend Metern liefen wir gerade über die einzige Landstraße, als Richard fragte: „Hast du auch das Auto abgeschlossen?"
„Natürlich habe ich. Aber jetzt machst du mich ganz unsicher."
„Wir laufen lieber zurück", meinte Richard.
Ich nickte nur und lief wie ein Hase, denn das Auto war neu und mein stolzester Besitz. Richard war noch schneller. Er kontrollierte schon die Tür meines nagelneuen Wagens, als ich schnaufend den Parkplatz erreichte.
„Abgeschlossen?", fragte ich gespannt.
„Alles in Ordnung."

Bald hechelten wir wieder auf unserem Trampelpfad und wollten gerade wieder über die Landstraße huschen. Da kam plötzlich ein forstgrüner PKW angerast und kreuzte rücksichtslos unseren Weg. Er hatte Nebelscheinwerfer und einen verchromten Dachgepäckträger. Das Auto flog förmlich an uns vorüber. Ich sah noch in der Abendsonne die Anhängerkupplung – alles wie bei meinem Wagen. Das Nummernschild konnte ich nicht mehr erkennen. „Richard", rief ich aufgeregt, „das ist mein Auto."

„Bist du dir da ganz sicher?“
„Ganz sicher nicht.“
„Weißt du was, ehe wir herumrätseln, laufen wir den Kilometer noch einmal zurück.“

Das war das Vernünftigste, und ich schnaufte anfangs vorneweg. Aber Richard war wieder schneller. Er rief mir schon kurz vor dem Parkplatz zu: „Bert, ich sehe ihn schon. Alles in Ordnung.“
„Mensch, Richard“, sagte ich da abgehetzt, „lass uns jetzt nur die kleine Runde laufen, vier Kilometer haben wir schon hinter uns.“
Er war einverstanden und vorwärts ging es. Schon bald erreichten wir unsere Kurzstrecke. 35 Minuten brauchten wir normalerweise, aber heute lief es bei mir nicht. Abgekämpft erreichten wir endlich den Parkplatz. Wie freute ich mich auf den bequemen Sitz im Auto. Aber ich traute meinen Augen nicht: Mein Wagen war verschwunden.
„Wir müssen die Polizei holen“, sagte ich schockiert.
Aber Richard lachte nur und meinte: „Wir brauchen keine Polizei.“
„Wieso“, fragte ich ziemlich verdattert.
„Große Runde, großer Parkplatz – kleine Runde, kleiner Parkplatz“, sagte er, und mir fiel es wie Schuppen von den Augen. Wir hatten das Auto auf dem Großen Parkplatz abgestellt, aber waren die kleine Runde gelaufen.
„Das war aber ein Schreck“, erwiderte ich nur. Wir joggten schnaufend zum großen Parkplatz, der einige hundert Meter entfernt war. An der Laterne hatten wir das Auto abgestellt. Aber es war nirgends zu sehen.
Richard verstand die Welt nicht mehr, und ich stand wie ein Häufchen Unglück in der leeren Parkspur.
„Wir joggen zu dir nach Hause“, schlug Richard vor.
„Ich weiß nicht“, sagte ich nur apathisch.

„Aber wir können dann die Polizei anrufen“, argumentierte Richard.
Schweren Herzens wollte ich gerade zustimmen, als meine Frau mit unserem Auto auf den Parkplatz einbog.
„Für die große Runde seid ihr aber früh dran“, sagte sie.
„Warum hast du den Wagen ...?“
„Das Auto stand ja für zwei Stunden ungenutzt. Übrigens diesmal abgeschlossen. Ich hatte hier zu tun und habe noch ein wenig eingekauft. Wenn ihr nicht zu faul gewesen wäret, hättet ihr nichts gemerkt“, sagte Erika.
Richard und ich atmeten tief durch. Bei der Heimfahrt fuhr ich selbst und tätschelte das Lenkrad.
„Da bist du wieder, und ich will in Zukunft noch besser auf dich aufpassen“, sprach ich freundlich zu meinem Wagen. Der Motor schien zu antworten, denn er brummte zufrieden.

Ich bat Richard noch schnell ins Haus, um ihm meine neuen Laufschuhe zu zeigen.
Nach vielleicht zehn Minuten klingelte es, und ein Polizeiwachtmeister stand vor der Tür. Er nannte unser Autokennzeichen und fragte: „Ist das ihr Wagen?“
„Ja“, sagte ich stolz.
„Würden Sie bitte ihr Auto abschließen?“

HOCH LEBE DER KAISER

Frau Pohl wohnte in der obersten Etage. Jedermann schätzte, wie einfühlsam und lieb sie mit den Kindern des Mietshauses umgehen konnte. Wie oft scherzte Frau Pohl mit den kleinen Rangen, und wenn es Not tat, pustete sie auch ihre Tränen hinweg. Nur mit dem etwa sechsjährigen Sohn des Ehepaars Schrader konnte sie nichts anfangen. Er grüßte nicht und wenn Frau Pohl nach seinem Namen fragte, blieb er stumm. Um so überraschter war sie, als eines Tages Herr Schrader vor ihrer Wohnungstür stand und sagte: „Guten Tag, Frau Pohl, entschuldigen sie bitte die Störung, aber die Hausbewohner meinen, nur Sie könnten mir helfen."
„Das ehrt mich, was kann ich für Sie tun?"
„Könnten Sie am Wochenende unseren Bruno betreuen?"
Frau Pohl nickte nur verblüfft und freute sich über das Vertrauen.

Sie bat Herrn Schrader herein. Also Bruno hieß der Junge.
„Natürlich nehmen wir Bruno gerne. Was isst er denn am liebsten?", fragte sie.
„Wir sind alle Vegetarier", sagte Herr Schröder.
„Kein Problem für uns. Und wann soll Bruno schlafen gehen?"
„Er hat so seinen Rhythmus. Bis zehn Uhr ist er munter, dann fallen ihm die Augen zu."
„Das ist zwar etwas spät, aber jeder hat ja so seine Angewohnheiten. Wir respektieren es natürlich."
„Und noch etwas. Bitte lassen Sie ihn nicht hinaus. Bruno ist sehr wild."
„Herr Schröder, das ist ja grausam. Nun, wenn Sie darauf bestehen, wollen mein Mann und ich uns natürlich daran halten."
Frau Pohl nickte zum Abschied und fühlte sich sehr geschmeichelt.

Welch überängstliche Eltern, dachte sie. Aber gerade deshalb sollte es der Bub gut haben. Als endlich ihr Mann von der Arbeit kam, sagte sie: „Paul, am Wochenende haben wir einen Gast."
„So, da werde ich einmal nachschauen, ob meine Bar gefüllt ist."
„Du wirst schauen, dass du auf den Boden kommst. Das Spielzeug von unseren Neffen steht noch dort oben."
„Seit wann spielt unser Besuch mit der Eisenbahn?"
„Seitdem unser Besuch Bruno heißt."
„Bruno?"
„Ja, der Sohn von Schraders. Du musst einkaufen, Paul."
„Was wünscht sich denn der kleine Herr?"
„Wir brauchen saftige Früchte und frisches Gemüse."
„Davon soll er groß werden? Aber zusätzlich bekommt er ein ordentliches Kalbsschnitzel. Und du wirst Klöße zubereiten."
„Aber Herr Schrader ..."
„Schrader hin, Schrader her. Bruno wird es uns danken. Und vor dem Einschlafen bekommt er einen Eierlikör."
„Das bestimme ich. Und eines sage ich dir: Geraucht wird nicht", sagte Frau Pohl bestimmend und registrierte verblüfft, wie ihr Mann plötzlich aufsprang und die Wohnung verließ. Noch erstaunter war sie, als er nach kurzer Zeit wieder kam und eine Reisetasche vorsichtig auf das Parkett stellte, aus der ein klägliches Mauzen zu hören war.
„Was ist denn das?", fragte sie.
„Das ist eine Leihgabe meiner Schwester für Bruno."
Als Frau Pohl den schwarzen Kater sah, dachte sie sofort an ausgefallene Haare und Katzenklo. In der Nacht aber schnurrte das Tier an ihrem rheumageplagten Knie, sodass sie letzten Endes Frieden mit ihm schloss.

Der Freitagabend kam. Frau Pohl hatte den Kühlschrank mit einigen Leckereien gefüllt, ihr Mann spielte probeweise mit der Eisenbahn und der Kater putzte sich.
Endlich klingelte es, und Herr Schrader stand vor der Tür.

Er hatte ein voluminöses Etwas abgestellt, das mit einem weißen Tuch überdeckt war. „Guten Tag, Frau Pohl, darf ich jetzt Bruno bringen?“, fragte er höflich.
„Natürlich, Herr Schrader, aber sagen Sie doch bitte, wie alt ist er denn eigentlich?“
„Er wird im Januar 92 Jahre.“
„92 Jahre?“ Frau Pohl konnte vor Aufregung nicht weitersprechen. Ihr Schreck wurde noch größer, als der schwarze Kater plötzlich herbeisauste und fauchend an der Umhüllung zerrte.
Da fiel das Leinentuch und gab einen großen Käfig frei, in welchem ein aufgeregter Papagei saß. Durch das ganze Haus hallte sein Ruf: „Hoch lebe der Kaiser.“
„Um Gottes Willen, Herr Schrader, wer ist denn das?“ rief Frau Pohl konsterniert.
„Das ist Bruno, unser Kakadu.“

PILZPÜREE UND PANIK PUR

Die kleine Feriensiedlung lag inmitten eines Kiefernwaldes. Wenn der Tag sich neigte, saßen Rolf und Britta behaglich vor ihrer Blockhütte, schmorten Pfifferlinge und tranken Rotwein.
Der Duft der Pilze drang regelmäßig auch zu den beiden Nachbarsleuten. Rolf beobachtete amüsiert, wie diese zwar neugierig zu ihnen herüberschielten, aber eisern ihre Sülze mit Bratkartoffeln vertilgten. Rolf schien es, als ob das Gesicht des Nachbarn von Mahlzeit zu Mahlzeit grimmiger wurde, bis er eines Tages erstaunt rufen hörte: „Ich will auch Pilze."
Rolf schaute kurz hoch und sah nur noch, wie der Nachbar sein Essen unberührt beiseiteschob.

Am nächsten Tag brutzelten Rolf und Britta wieder ihre Pilze. Plötzlich stand der Nachbar vor Rolf, stierte auf ihre Pfifferlinge und verwickelte Rolf in ein Gespräch: „Das sind wohl Pilze?"
„Das sind Pilze."
„Und die sind alle essbar?"
„Die sind alle essbar."
„Und Sie sind ganz sicher?"
„Wir sammeln nur, was wir kennen."
„Ich würde ja auch gerne Pilze suchen."
„Und, warum suchen Sie nicht?"
„Ich verstehe nicht viel davon. Aber für den Fall, dass ich etwas finden würde, wäre es Ihnen möglich ...?"
„Kein Problem. Bringen Sie mir ihr gesammeltes Werk. Ich sehe sie gerne durch", sagte Rolf.
Während der Nachbar mit seiner vielleicht 20-jährigen Begleiterin im nahen Wald verschwand, sagte Rolf zu Britta: „Der Esel fragt, ob wir essbare Pilze schmoren."

„Rolf. Dieser Esel muss ein hohes Tier sein."
„Das ist für mich kein Widerspruch."
„Ich glaube, das ist ein Landtagsabgeordneter, verheiratet, zwei große Kinder. Ich kenne sein Bild aus der Zeitung."
„Dann kann das nie seine Frau sein."

Nach einer guten halben Stunde kamen die Nachbarsleute mit einem gefüllten Pilzkorb zurück.
Sorgfältig durchsuchte Rolf nun den Fund. Die Pilze waren alle essbar, nur die alten und matschigen Exemplare sortierte er aus.
Rolf und Britta sahen mit Genugtuung, wie die Nachbarsleute die Pilzmahlzeit genüsslich verzehrten.

Der Morgen war diesmal anders als sonst. Rolf wusste nicht gleich weshalb, bis er die Stille bemerkte und sich wunderte, dass die Nachbarsleute noch nicht aufgestanden waren. Sonst machten sie schon sehr früh ihre Morgengymnastik und ließen das Radio laufen.
Britta hatte offenbar schon weiter gedacht, denn Rolf hörte sie jammernd sagen: „Du hast den beiden ein Knöllchen verpasst."
„Was für ein Knöllchen?"
„Einen Knollenblätterpilz. Du musst was übersehen haben."
„Ich war sorgfältig."
„Nicht sorgfältig genug, du hast beide vergiftet."
Rolf und Britta schlichen um die Hütte. Sie klopften und riefen, sie horchten und horchten. Es gab kein Lebenszeichen.
Ich prüfe nie wieder für andere Pilze, schwor sich Rolf.
Was mache ich nur? Ich muss Gewissheit haben. Die Holzwand anbohren und hineinschielen? Die Scheiben einschlagen? Die Feuerwehr rufen?
Plötzlich hörten sie Rufe und bald sahen sie, wie die Nachbarsleute mit einem gefüllten Pilzkorb aus dem Wald schlenderten und auf sie zu kamen.

„Hoch lebe die Pilzdiät“, rief der Nachbar und bat Rolf erneut um die Durchsicht des Fundes. Natürlich konnte er nicht nein sagen und prüfte die Pilze.
Nach fünf Tagen flog eine Pilzpfanne durch die Luft und der Nachbar rief: „Ich will endlich wieder Sülze!“
Sein Bratkartoffelverhältnis hatte ihn wieder.

DIE OUVERTÜRE IM AUTO

Für Emil und Gisela war dieser Freitag ein besonderer Tag, denn sie wollten sich in Berlin die Oper ‚Zar und Zimmermann' ansehen. Es war schon 14.00 Uhr, und in dem kleinen Provinzstädtchen begann der Wochenendverkehr. Vor dem Wohnhaus bemühte sich das Ehepaar, verschiedene Gegenstände im Auto zu verstauen.
„Die Schuhtasche kommt in die Mitte", sagte Gisela.
„Hm." Emil blieb gelassen. Er kannte seine Gisela.
„Den Verpflegungsbeutel decke bitte ab. Nicht mit der Schuhtasche."
„Hm."
„Der Kosmetikkoffer bleibt vorn. Emil, muss ich dir das alles zweimal sagen?"
Emil spürte, wie gereizt Gisela wieder war, aber er blieb gutgelaunt, denn er freute sich auf die Oper und den anschließenden Besuch bei seiner Schwester Eva. Dort wollten sie auch übernachten.
Endlich fuhr Emil los. Nach fünf Minuten kehrte er schweigend um. ‚Heute klappt gar nichts', dachte er.
Gisela war erst sprachlos, dann schimpfte sie: „Bist du verrückt? Was soll das? Nun, rede endlich."
Emil sagte kein Wort, hielt vor der Haustür und stürmte in die Wohnung. Er hatte es geahnt. Die Theaterkarten lagen noch auf dem Küchentisch.
Gisela begriff und tobte: „Wo sind deine Gedanken? Ist es nicht genug, dass ich die Karten besorgt habe?"
Emil machte ein zerknirschtes Gesicht und schwieg. Das beruhigte sie immer.

Sie fuhren mit cirka 100km/Stunde auf der Autobahn.
„Emil, höre auf zu rasen. Du hast schon genug bezahlt."
„Hm."

„Apropos Rasen: Montag machst du endlich etwas im Garten."
„Hm."
„Schalte endlich in den fünften Gang."
„Hm."
„Übrigens: Bei Eva lässt du einen Gang aus."
„Hm."
„Emil, hörst du überhaupt zu? Nun sage doch etwas."
„Morgen gehe ich in den Puff."
„Sag mal spinnst du? Was soll das?"
„Ich sollte doch etwas sagen."
Da war und blieb Gisela sprachlos und wenn Emil Ruhe hatte, fiel ihm schnell mal ein Auge zu.
Aber seine Gisela war hellwach: „Bist du wahnsinnig? Du schläfst ja beim Fahren. Ich will keine lustige Witwe werden."
„Wirst du nie. Eher eine zornige Alte."
„Emil, fahre sofort auf den nächsten Parkplatz."
Emil spürte deutlich die Gefahr, die von seiner gereizten Gisela ausging, und gehorchte. Er musste sie ans Steuer lassen. Während sie noch schimpfte und schimpfte, summte Emil vor sich hin: „Oh, ich bin klug und weise ..."
Dann schlief er wirklich.

Emil bekam einen Seitenhieb.
„Das waren die Blutdrucktabletten", stammelte er.
„Nein, das war ich. Wie kann man denn am Nachmittag schlafen?" Die Autobahn war überbelastet, es gab viele Baustellen, und der Dirigent wartete nicht.
„Überhol doch endlich, du musst nur rechtzeitig beschleunigen", schimpfte Emil.
„Hättest du dich nur beschleunigt. Aber du musstest ja in aller Ruhe noch drei Tassen Kaffee trinken."
Da wusste er endlich, was ihn drückte.„Halte bitte am nächsten Parkplatz, ich muss mal."
„Das fehlt noch. Wie alt bist du denn?"

„Ich sage es dir anschließend. Aber bitte halte."
Auf dem Parkplatz fand er noch die Zeit, ihr ‚Lebe wohl, mein flandrisch Mädchen' zuzuflüstern. Er neckte seine Gisela zu gern. Auch in Zeitnot.
Sie antwortete mit einem grimmigen Gesicht.

Endlich erreichten sie Berlin und das einigermaßen pünktlich. Gisela und Emil wunderten sich über die Spielplanänderung. ‚Die schweigsame Frau' wurde gespielt.
‚Es muss eine utopische Oper sein', dachte Emil.
Das Stück war ausverkauft. Am Einlass machte man ihnen Schwierigkeiten. Irgendetwas mit dem Datum war nicht in Ordnung. Und da sahen sie es selbst: Ihre Karten galten für die gestrige Vorstellung. Sie waren verfallen.

DIE ERLEUCHTUNG

Die Gezeiten gehören zu Agadir wie die Kamele zur Wüste. Bei Ebbe wird der Strand breit und breiter, wie eine riesige Zunge, wenige Stunden später wird er schmal und verschmilzt mit den angrenzenden Sanddünen zu einem goldenen Strich. Die Händler und Kamelführer am Strand, die alle ein bisschen deutsch gelernt hatten, lauerten auf die wenigen Hotelgäste. Selbst das dümmste Kamel wusste schon, dass in diesem Jahr die Europäer ausblieben. Wehe, wenn ein Urlauber sich zeigte und neugierig die ausgestellte Ware oder die Dromedare betrachtete. Jeder Badegast musste aufpassen, dass er zu mindesten die Hose anbehielt.
Olaf, mit leichtem Bierbauch und ohne Skrupel, sagte schon am ersten Tag zu seiner Sabine: „Wir passen auf. Uns legt keiner rein."

Am nächsten Morgen wurde Olaf von einem jungen Berber angesprochen, der im Hotel als Said bekannt war. Dieser bemühte sich seit Tagen vergeblich, irgendjemanden mit seinem Ziegenbaumöl zu massieren oder zu einem Kamelritt zu überreden. Aber Said war geduldig und geschickt. Olaf merkte kaum, wie er von ihm ins Gespräch gezogen wurde.
„Mein Herr, sind Sie auch mit der Lufthansa nach Marokko geflogen?"
„Nichts geht über die Lufthansa."
„Weil ich das weiß, heißt mein Kamel auch ‚Lufthansa' und ist ganz zahm. Man sitzt auf ihm weicher als im Flugzeug."
„Na und?"
„Reiten Sie mit mir zu den Flamingos. Für 200 Dirham", lockte Said.
„Wir wandern lieber am Strand."
„Aber Sie werden die Flamingos verfehlen."

„Wir finden sie schon."
„Ich mache Ihnen einen guten Preis. 15o Dirham. Für zwei Personen."
„Nein, danke", wehrte Olaf entschieden ab.
„Weil Sie es sind und nur heute:100 Dirham."
Da drehte sich Olaf zu Said und erwiderte laut und deutlich: „Wir wollen nicht reiten."
„Aber vielleicht später oder morgen, mein Herr."
„Vielleicht", sagte Olaf und ging in die Hotelanlage, zu der kein Unbefugter Zutritt hatte.

Olaf und Sabine aber wollten die Flamingos sehen. Sie gingen am ‚Armen Schlucker' vorbei, der sich selbst so bezeichnete und Tiere aus Onyxgestein* anbot. Sie ignorierten den Silberschmied, der nur einen Satz kannte: „Heute guter Preis, Madame."
Sie übersahen den Blusenverkäufer, den Brezelhändler, den Mann mit den Ledertaschen, den Honigverkäufer, den Gewürzhändler und erreichten endlich einen ruhigen Strandabschnitt. Sie bestaunten den Königspalast und standen schließlich am seichten Fluss, der bei Ebbe ein Rinnsal war. Wie aus heiterem Himmel hockte plötzlich ein junger Händler mit Turban vor ihnen, der aus seinem Einkaufsbeutel Schmuck anbot.
Als sie keinerlei Kaufinteresse zeigten, war er nicht beleidigt und lief immer hinter ihnen her. Er hob für Sabine Muscheln auf, er teilte ihr mit, dass die Sonne scheint und als er sah, dass Olaf Steine ins Meer warf, klaubte er einige aus dem Sand und reichte sie ihm. Da reichte es auch Olaf, trotzdem wussten sie nicht, wie sie sich von dem aufdringlichen Händler befreien konnten. Olaf entschied sich zu einer Verzweiflungstat. Er hockte sich in die Sanddünen, zog seine Hose runter und machte ein grimmiges Gesicht. Der Händler aber wartete geduldig, bis Olaf sich fluchend erhob, weil

ihm die Beine eingeschlafen waren. Dann aber zeigte dieser erneut seine Ware und sagte: „Nur heute, guter Preis."
Olaf winkte entnervt ab, doch plötzlich erblickte er die Flamingos. Es waren acht, die im Wasser nach Insekten, Fischen und Kleintieren suchten.
„Es sind acht Flamingos", sagte der Mann zu Olaf und nickte ihm bedeutungsvoll zu.
Was soll ich nur tun? Wie werde ich den Kerl los? fragte sich Olaf und wusste keinen Ausweg.
Da tauchte plötzlich Said mit ‚Lufthansa' auf, schimpfte mit dem Händler auf arabisch und sagte dann zu Olaf und seiner Frau: „Ich kenne ihn. Er wird sie noch lange belästigen. Nehmen Sie schnell mein Berbertaxi."
Olaf begegnete dem flehenden Blick seiner Frau und der signalisierte ihm den Ausnahmezustand. Sie stiegen hurtig auf das sich niederkauernde Kamel und ließen sich von Said zurück zum Hotel führen. Gerne zahlten sie den Sonderpreis, der nur heute galt und 100 Dirham lautete.

Als sie abstiegen, sahen sie zwei berittene Polizisten am Strand. Olaf informierte sie über den aufdringlichen Händler, dem sie nur mit Mühe entkommen waren.
„Das ist ein Problem, Mister. Nur Sie selbst können es lösen."
„Wie denn?", fragte Olaf.
„Bleiben Sie konsequent. Kaufen Sie nur beim ‚Armen Schlucker', der ist preiswert und ehrlich."
Olaf bedankte sich für den guten Rat und erwarb noch zur selben Stunde beim so hoch gelobten Händler drei Kamele und fünf Schlangenköpfe aus Onyxgestein. Er zahlte einen Sonderpreis, der nur heute galt.

Als Olaf und Sabine abends durch die Innenstadt schlenderten, bemerkten sie schnell, dass ihre Tiere höchstens die

Hälfte der Kaufsumme kosteten. Deprimiert schlenderten sie in Richtung Moschee.
In einem Gartencafé sahen sie vielleicht 15 Marokkaner, die beim Tee saßen und sich köstlich amüsierten. Olaf erkannte die beiden Polizisten, Said, den ‚Armen Schlucker' und zu seiner Verwunderung auch den jungen Mann mit dem Turban. Als die Händler ihn sahen, prosteten sie ihm mit ihrem Teeglas lachend zu.
„Kommen Sie zu uns, Allah erleuchtet jeden", rief Said.
„Ich bin schon erleuchtet", erwiderte Olaf bissig, hakte seine Sabine unter und stapfte grimmig davon.

* Onyx, Mineral, oft schwarz-weiß gebändert, wird vielfach als Schmuckstein verwendet

DER SCHREIBENDE ARBEITER*

Es gab einmal Zeiten, in welchen ein Arbeiter viel höher geschätzt wurde als ein Ingenieur. Zerknirscht erkannte auch ich meine Fehlentwicklung.
Deshalb wollte ich, der manchmal tätige Angestellte, wenigstens schreibender Arbeiter werden.
Kaum hatte ich meine Absicht bekundet, wurde ich schon eingeladen. Als ich den kleinen Saal betrat und jedes Zirkelmitglied einzeln begrüßte, achtete ich genau auf den Händedruck. Ich spürte keine Schwielen, aber manch wundgeschriebener Finger war sicher dabei.
Ich setzte mich dann und harrte der Dinge und mit mir der Kellner, welcher notierte und korrigierte und sich große Mühe gab, die zögernd geäußerten Wünsche mit den Möglichkeiten der Gastronomie in Übereinstimmung zu bringen. Ich lernte bald, dass mit dem Abgang des Kellners der Zirkelabend begann.
Unser Leiter schärfte mit einem geistigen Getränk sein Gehör und forderte uns dann auf, die poetischen Ergüsse vorzulesen. Eine junge Mitstreiterin begann. Sie hatte – der Dicke ihrer Mappe nach zu urteilen – fleißig zu Hause gedichtet, hüstelte kurz und zwang uns mit einem Rundblick zur Aufmerksamkeit.
Es war etwas Lyrisches, wie man mir später sagte, nur wenige Zeilen lang. Nach kurzer Besinnung wurde über jeden Satz leidenschaftlich diskutiert. Der Einfall, dass eine Gewitterwolke auf einer Fensterbank ausruhte und nach dem Weg fragte, entfachte Begeisterung. Ich konnte diesen Enthusiasmus nicht verstehen und schämte mich gewaltig. Viel Zeit dafür blieb mir nicht, denn schon wurde ich gebeten, selbst zu lesen.
Ich glühte vor Eifer und auch ein wenig Stolz, denn das Gedicht über mein Kurerlebnis war mit zehn Strophen be-

achtlich lang. Zwei einleitende und erklärende Zusatzverse über das Wetter und die Farbe der die das Pärchen belauschenden Waldvögel lagen griffbereit.
In drei Minuten waren vieler Tage Arbeit verhallt. Als ich den Kopf hob und beifallsheischend in die Runde blickte, schwiegen alle. ‚Vielleicht fehlt eine Gewitterwolke', dachte ich, aber schließlich kam doch ein wenig Lob. Mein Fleiß, meine feste Verbundenheit zur Tier- und Vogelwelt sowie mein Mut, Verse zu schreiben, waren die wichtigsten positiven Aspekte.
Bald jedoch musste ich hören und einsehen, was nicht gefallen hatte. Verlegen versteckte ich meine Zusatzstrophen. Als unser Leiter den Text überflog, hatte er im Nu das Wesentliche erkannt und zwei Strophen als existenzberechtigt akzeptiert. Ich wollte streiten, aber da erklärte mir meine Nachbarin, dass zwei aus zehn so viel bedeute, wie ein Fünfer im Lotto. Dieser Trost richtete mich gewaltig auf, schließlich hatte ich noch nie gewonnen.

Ein Jahr war vergangen, in welchem ich gelernt hatte, wie man nicht schreiben sollte. Erst neulich lobte mich unser Leiter, weil ich nichts vorzulesen hatte.
Als ich mich an einem Montag in die Anwesenheitsliste eintrug, sagte er tröstend zu mir: „Die Unterschrift eines schreibenden Arbeiters ist mehr wert als zehn Seiten gedrucktes Papier."
Diesen Satz habe ich nie verstanden, aber ich glaube, das ist wieder etwas Lyrisches.

* In der DDR gab es den Zirkel der ‚Schreibenden Arbeiter', in welchem jeder Werktätige Texte vorstellen konnte. Die Mitglieder waren in den seltensten Fällen Arbeiter.

DER GARTENSPEZIALIST

Das Zusammenleben mit meiner Frau Käthe war für mich nicht immer einfach. Als Hauptbuchhalter erschöpfte mich die berufliche Arbeit dermaßen, dass mir der Hausgarten egal war. Um so liebevoller hegte und pflegte meine Frau das kleine Gärtchen, und jede neue Knospe erfüllte sie fast mit Mutterfreuden. Sie hackte und säte, sie schnitt und düngte, und die bescheidene Himbeerernte servierte sie mir triumphierend auf dem Abendbrotteller.

Eines Tages änderte sich mein Leben, denn meine Käthe sollte zur Kur fahren. Eifrig belehrte sie mich über meine Pflichten im Hausgarten: „Schneide die Rosen. Mähe den Rasen. Das Gras darf nicht vermoosen. Die Ränder müssen nachgeschnitten werden. Vergiss nicht zu düngen und vor allem Dingen, vertreibe die Mäuse."

„Ich imitiere eine Katze", sagte ich.

„Sei nicht albern. Das Problem ist ernst genug."

Ihr Vortrag dauerte über eine halbe Stunde, und ich hatte Mühe, das Wichtigste in Kurzform zu notieren: Zupfen, düngen, nachsehen, schneiden, miauen, aufpassen, vertreiben – nur bei der Zuordnung und Reihenfolge waren meine Notizen ungenau. „Du wirst deinen Garten nicht wieder erkennen", sagte ich und hob die Hand zum Schwur.

Gleich den ersten Sonntag nutzte ich für eine ausgiebige Ortsbesichtigung und erarbeitete einen Wochenplan. Am nächsten Abend studierte ich das „Handbuch für den Kleingärtner", denn immerhin waren mir achtzig m² Rasenfläche und zehn Rosenbüsche anvertraut worden. Dann aber schritt ich zur Tat.

Allerdings kniete ich mehr, als dass ich schritt, denn ich ermittelte die Lage und Anzahl der Mäuselöcher, deren Bewohner ich ins Exil schicken sollte. Ich spielte den lieben Gott und verordnete ihnen eine halbstündige Sintflut von 3,50 m^3 Wasser laut Zähler. Dann dünkte mir, dass es genug wäre. Schließlich düngte ich wirklich. Ich teilte die Rasenfläche mittels Schnüre in Quadrate und versprühte flüssige Chemie streng nach Vorschrift. Bei Quadrat sieben kam ich jedoch durcheinander, denn ich entdeckte vor dem Komposthaufen einen Euro, was mich als Hauptbuchhalter zum Philosophieren anregte. Lange grübelte ich über Gewinn und Verlust, über Zufall und Schicksal und fragte mich, wem wohl das Geld in der Haushaltskasse fehlen könnte. Das Ergebnis war, dass ich einige Quadrate versehentlich zweimal behandelte. Nach fünf Tagen aktiver Arbeit widmete ich mich wieder der Theorie. Ich entlieh mir einen Bildband über Barockgärten, denn ich bewunderte die französische Gartenbaukunst. So angeregt, bastelte ich eine Schablone aus Holzlatten, nahm die Gartenschere und verwandelte die Rosenbüsche in quadratische Gebilde. Stolz fotografierte ich das Ergebnis meiner Arbeit.

Endlich kam der Tag, an dem ich meine Käthe wieder in die Arme schließen konnte. Mit Genugtuung zeigte ich ihr den Garten und erhoffte mir ihre zärtliche Zustimmung und Bewunderung. Wie erstaunte ich, als Käthe immer stiller wurde und schließlich beim Anblick einiger gelbbrauner Quadrate in lautes Wehklagen ausbrach. Selbst nach einer halben Stunde zitterten ihre Schultern noch, sodass ich sie zu unserem Hausarzt Doktor Pohl bringen musste.

Nach der Untersuchung winkte Doktor Pohl mich in den Behandlungsraum.
„Wie konnte sich ihre Gattin nur so aufregen?", fragte er vorwurfsvoll.
„Ich verstehe das selbst nicht", erwiderte ich und berichtete dem erstaunten Arzt von meiner Arbeit im Garten.

„Gut, gut, aber ihre Gattin sprach von einer Verfärbung des Rasens."
„Sie kennt eben die französische Gartenbaukunst nicht. Gekachelter Rasen und würfelförmige Rosensträucher sind etwas ganz Besonderes. Schauen Sie selbst."
Stolz zeigte ich eines meiner Fotos, die ich zur eigenen Erbauung immer bei mir trug.
„Sehr eindrucksvoll", stimmte mir Doktor Pohl zu.
„Und das in Kombination mit den gelben Blumen. Sie wachsen prächtiger denn je", sagte ich.
„Das ist sicher der gemeine Löwenzahn aus der Familie der Korbblütler. Die Wurzeln sind ein hervorragendes Abführmittel. Hochinteressant."
„Mein Experiment ist jederzeit wiederholbar, Doktor Pohl."
„Wunderbar. Könnten Sie mir nicht ebenfalls bei der Pflege meines Hausgartens behilflich sein?"
„Aber gern", sagte ich geschmeichelt.
Doktor Pohl verabschiedete sich von mir mit einem festen Händedruck.

Meine Nebentätigkeit sprach sich herum und beschäftigte sogar die Patienten im Wartezimmer. Allerdings gab es Stimmen, die behaupteten, der Doktor hätte mich nur beauftragt, um seine Frau zu ärgern. Diese Kränkung ignorierte ich aber.
Eines Tages informierte mich Käthe, dass ihr dringend eine Privatkur empfohlen wurde, die sie bald antreten wolle.
„Wie schön für uns beide", sagte ich.
„Nur gut, dass ich deine Hilfe im Garten nicht mehr benötige."
„Warum nicht?"
„Ich werde einen anerkannten Gartenfachmann beauftragen."
„So? Einen Gartenfachmann?"
„Ja. Den Spezialisten von Doktor Pohl."

DER PREIS

Architekt Eduard Stein gewann den dritten Preis im städtischen Wettbewerb, doch seine Phantasie reichte nicht aus, die Welt seines Enkels Olaf zu begreifen, der erst acht Jahre alt war. Als im ‚Anzeiger' die Sieger des Wettbewerbs gewürdigt wurden, entdeckte Olaf das Foto zuerst.
„Opi, bist du das auf dem Bild?"
„Ja, mein Junge."
„Hier steht, dass du zweitausend Euro gewonnen hast."
„Richtig."
„Da will ich was abhaben."
„Schenke ich dir nicht jede Woche Geld? Schäme dich."
„Ich will aber", hörte Eduard Stein mit Erstaunen und sah, wie sein Enkel wütend den Raum verließ. Wenig später aber blickte er erschrocken auf eine Pistole, die sich durch den Türspalt schob.
„Hände hoch, Geld her", hörte er Olaf rufen.
„Ich habe jetzt keins", sagte er wahrheitsgemäß.
„Dann schieße ich dir ein Auge aus."
Ehe Eduard Stein sich fassen konnte, spürte er schon den Strahl der Wasserpistole in seinem Gesicht. Da tat er, was er noch nie getan hatte: Er schlug seinem Enkel wütend ins Gesicht.

Anschließend saß er bekümmert in seinem Büro und vergrub sich in seine Arbeit: Er musste eine Ausschreibung auswerten.
Plötzlich klopfte es, und ein ihm fremder Mann stand vor der Tür. Er kam außerhalb der Besuchszeiten, das störte Eduard Stein.
Aber als er ihn sah, sagte ihm ein vages Gefühl, dass er diesen Mann mit dem seltsamen Blick nicht einfach hinauswerfen konnte.

„Tag, Eduard", hörte er den Besucher sagen.
„Ich kenne Sie nicht."
„Natürlich kennst du mich. Ich bin doch Bibi."
Da wurde es Eduard siedend heiß, denn er erinnerte sich an ein schlimmes Erlebnis in seiner Schulzeit. „Natürlich, Biberstein. Schön, dich zu sehen", sagte Eduard unsicher.
„Ich sah dein Bild in der Zeitung und kam sofort."
„Um mich zu sehen? Das glaube ich dir nicht, nach allem was passiert ist. Also, was willst du?"
„Den Auftrag."
„Welchen Auftrag?"
„Ich habe mich an der Ausschreibung beteiligt."
Eduard blätterte in den Ergebnislisten und schüttelte den Kopf.
„Du bist Vorletzter."
„Das macht nichts. Hier ist ein Kuvert. Mein Nachlass von acht Prozent ist zurückdatiert."
„Ich kann das nicht machen, Biberstein. Die Ausschreibung ist erstens öffentlich, und zweitens bin ich unbestechlich."
„Damals warst du risikofreudiger."
„Damals war ich noch ein Kind. Beteilige dich an der neuen Ausschreibung."
„Dein letztes Wort?"
„Noch nicht ganz. Ich bitte dich, mit mir zu Mittag zu essen", sagte Eduard Stein, denn er hatte einen kühnen Gedanken.
Gespannt wartete er auf die Reaktion von Biberstein und war erleichtert über dessen Einverständnis. Noch zufriedener war Eduard Stein, als er Biberstein beim Abschied um einen Gefallen bat und dieser nach langem Zögern einwilligte.

Eduard Stein spielte im Garten mit Olaf Federball, als plötzlich Biberstein erschien. Eduard Stein sah erwartungsgemäß, dass sein Enkel neugierig in das Gesicht des Besuchers starrte.

„Olaf. Dies ist Herr Biberstein. Er will dir etwas zeigen“, sagte Eduard Stein.
„Was denn?“
Als Antwort holte Herr Biberstein ein kugeliges Gebilde aus einem Lederbeutel und gab es Olaf in die Hand.
„Das ist ein Glasauge, Olaf“, sagte Eduard Stein. „Das richtige Auge habe ich Herrn Biberstein mit dem Katapult herausgeschossen. Ich war damals nur wenig älter als du.“
Eduard Stein hatte sich einen heilsamen Schock für seinen Enkel erhofft und hörte gespannt dessen Worte: „Opi, ich wünsche mir etwas zu Weihnachten.“
„Ja, was denn, Olaf?“
„Ich wünsche mir kein Katapult ...“, sagte der Junge.
„Genau das habe ich erwartet.“
„... lieber ein Gewehr.“

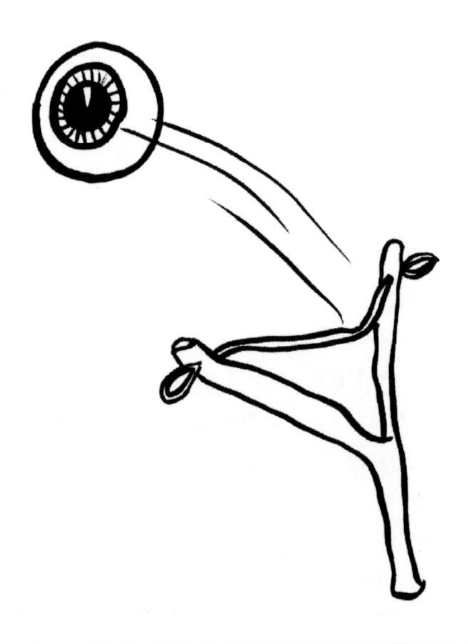

DER HEILIGE GEIST

Es war ein heißer Freitagvormittag, und im Schatten des Domes wartete ich geduldig auf meinen Bus. Als plötzlich der Regen herabprasselte, rettete ich mich mit einem Sprint in das Gotteshaus. Aus Langeweile betrachtete ich oberflächlich einige Gemälde. Plötzlich stand ein gepflegter älterer Herr neben mir und meinte: „Ihnen gefällt der Dom wohl auch?"
Ich nickte nur.
„Es ist schön, mit Gleichgesinnten zu reden", sagte er.
Ich nickte wieder.
„Schauen Sie die wunderschöne Basilika, ist sie nicht prächtig?" bemerkte er bewundernd und blickte dabei auf eine weibliche Marmorfigur. Basilika? Dieser Name war mir neu.
„Und sie ist dreischiffig", fuhr der Herr weiter fort.
Das war ein interessantes Detail, aber ich ließ mir meine Neugier nicht anmerken. „Sie ist etwas klein geraten", sagte ich nur verlegen.
„Sie haben es sofort erkannt. Die extrem niedrigen Seitenschiffe verändern die Proportionen. Und sehen Sie nur den Ostchor, ein Kleinod."
Ich sah die Augen des Mannes glänzen und suchte interessiert die Sangesfreudigen. Außer einigen Besuchern erblickte ich jedoch niemanden. Vielleicht machten sie gerade eine Pause. „Der Chor ist kaum zu sehen", erwiderte ich zaghaft.
„Wie gut Sie das einschätzen können. Ja, das kommt durch die vorzüglich ausgeführte Vierung*."
Ich verstand absolut nichts.
Dann zeigte der gepflegte Herr in Richtung Außenwand.
„Welch ein großzügiges Gewände**, finden Sie nicht auch?"
Ich nickte langsam, obwohl das einzige Bild zwischen den Pfeilern einen wenig bekleideten Christus zeigte. Aber über Großzügigkeit kann man sich streiten.„Etwas spärlich", meinte ich dann aber aufrichtig.

Er stimmte mir sofort zu, obwohl er mehr zum Fenster als zum Bild schaute und sagte weiter: „Die Wirkung wird beeinflusst durch die Kämpfer*** und starken Rippen."
Auf dem Bild aber war nirgends ein Krieger, sondern nur der Gekreuzigte zu sehen. Sicher, die Rippen von Jesus waren deutlich ausgeprägt. Aber großzügige Gewänder stellte ich mir anders vor.
„Und was sagen Sie zu der entzückend kleinen Marienkapelle?" Er zeigte auf einen Einbau neben der Stelle, wo schon der Chor sein sollte.
Aber wieder hatten wir unterschiedliche Wahrnehmungen. Ich sah keinen einzigen Musiker. „Kaum zu sehen", antwortete ich zögernd.
„Sie haben vollkommen recht, Sie sind ein empfindsamer Mensch."
Dann führte er mich zu einem gewaltigen Gemälde und erklärte es mir: „Es ist eine Kopie der ‚Verkündigung an Maria' von Fra Angelico. Sehen Sie die Taube, aus welcher der Heilige Geist strahlt. Sie spricht mit den Augen."
Ich glaubte ihm, denn wenn ich zum Beispiel in der ‚Stumpfen Ecke' Willi zuzwinkere, steht schon ein Bier vor mir.
Da es mittlerweile aufgehört hatte zu regnen, verabschiedete ich mich aufatmend von meinem Begleiter.
Der kunstbegeisterte Herr rief mir noch nach: „Beachten Sie, dass Sie sogar nach 500 Metern den Dachreiter**** noch sehen."
Doch so oft ich mich auf dem Heimweg umschaute, ich sah weder Ross noch Reiter, erst recht nicht auf dem Dach.

Am Nachmittag merkte ich, dass ich meine Mütze im Dom hatte liegen lassen. Im Eilschritt erreichte ich das Gotteshaus. Vor dem Eingangsportal sah ich erneut den kunstbesessenen Herrn, der mit einem Feldstecher das Dach betrachtete. Sicher suchte er den entflohenen Dachreiter. Ich schlich gerade an dem Kunstapostel vorbei, als eine der vielen wilden Tauben sein rechtes Auge mit einem saftigen Strahl beschmutzte.

„Pfui Teufel", hörte ich seine verdrießliche Stimme.

Ich aber wusste sofort, dass ihn der Heilige Geist getroffen hatte und beschloss, Atheist zu bleiben.

* Vierung, der in der Kreuzung von Mittelschiff, Querhaus und Chor gelegene Raum, der durch je eine Bogenöffnung mit den anschließenden Räumen verbunden ist.

** Gewände: Die schräggeführte Mauerfläche eines Fensters.

*** Kämpfer: Zone, an der die Krümmung eines Bogens beginnt und an der die Lasten vom aufgehenden Mauerwerk aufgenommen werden.

**** Dachreiter: Schlankes, meist hölzernes Türmchen zur Aufnahme einer Glocke oder einer Uhr, das auf dem Dachfirst zu reiten scheint und konstruktiv mit dem Dachwerk verbunden ist.

DIE FEUERPROBE

Volker Biesenthal lag faul auf dem Sofa und trank bereits das zweite Bier, obwohl es erst Nachmittag war. Er wusste, dass seine Frau Marika jeden Moment von der Arbeit kommen und ihm wieder Vorwürfe machen würde. Es war ihm, dem 35-jährigen arbeitslosen Sanitäringenieur, egal geworden. Viermal hatte er sich in diesen zwei Jahren beworben und nur Absagen erhalten.
Plötzlich stand Marika im Zimmer. Sie stemmte die Hände in die Hüften und sagte: „Ich habe es geahnt. Ich arbeite mich kaputt, und du liegst faul auf dem Sofa."
„Kann ich was dafür?"
„Du kannst. Bewirb dich endlich wieder. Es muss doch keine Ingenieurtätigkeit sein."
„Wozu habe ich studiert?"
„Ich arbeite auch nicht als Kauffrau, obwohl ich diesen Beruf erlernt habe. Wenn du wenigstens im Haushalt helfen würdest. Ändere dich, sonst ..."
„Willst du keinen Sex. Ich weiß."
„Du weißt gar nichts. Dann lasse ich mich scheiden."

Nach dieser Offenbarung brauchte Volker frische Luft. Grußlos erhob er sich vom Sofa und trollte sich in Richtung Innenstadt. Natürlich hatte Marika Recht, aber er würde das niemals zugeben. Als er vor einem Reisebüro stehenblieb und auf die Angebote starrte, zupfte ihn jemand am Ärmel. Er drehte sich um und erblickte Silke, mit der er einst jahrelang befreundet war. Wegen seiner übertriebenen Sparsamkeit trennte sie sich damals von ihm. ‚Wie gut sie noch immer aussah, schlank, braungebrannt, und lebensfroh', dachte er.
„Hallo Volker. Wie geht es dir?", fragte sie.
„Sag ich dir drüben im Café."

Als sie an einem Zweiertisch saßen, erfuhr Volker, dass sie geschieden und Sekretärin in einem Planungsbüro war. Sie lebte wieder mit ihrer Mutter zusammen.
„Und du? Erzähle, Volker", sagte Silke und blickte in sein müdes schmales Gesicht mit den vielen Sommersprossen.
Er strich sich die rötlichen Haare aus der Stirn und leckte sich die Lippen. Da wusste Silke, dass er verlegen war.
Schließlich gestand er: „Ich bin arbeitslos."
„Da kann ich dir vielleicht helfen. Bewirb dich bei uns. Unsere Firma richtet gerade eine neue Außenstelle ein. Und außerdem ..." Sie zögerte. Volker spürte ihren unruhigen Blick.
„... außerdem sehen wir uns dann öfter."

Volker bewarb sich und wurde vierzehn Tage später als Planungsingenieur auf Probe eingestellt. Er arbeitete in einer besseren Baracke, die einen Sportplatz längsseitig begrenzte. Sein winziges Büro lag genau an der Mittelinie. Das übernächste Zimmer gehörte seinem neuen Chef, und Silke war dessen Sekretärin.
Immer wieder fand sie einen Vorwand, Volker zu besuchen. Die erste Woche war vergangen, da fragte ihn Silke: „Wie ist denn so deine Frau?"
„Wie soll sie sein. Arbeitsam, sauber ..."
„Ich meine im Bett."
„Das geht dich gar nichts an."
„Ich weiß, aber ich könnte ..." Sie zögerte.
„Was könntest du?"
„Du weißt schon." Dann drehte sie sich um und ließ den verblüfften Volker mit seiner Rohrberechnung allein. Er kam nicht vorwärts, weil er nur an sie dachte. Als sie nach einer Stunde wieder in sein Büro schlich, ihn küsste und dann schnell wieder den Raum verließ, spürte er, sie wollte Sex.

Nun packte auch ihn die Begierde. Und war nicht Marika selber schuld, die sich ihm entzog und jeden Abend Müdigkeit vortäuschte?
Am nächsten Tag stand Silke wieder in seinem Büro und flüsterte ihm zu: „Am einfachsten wäre es in der Baracke."
„Und wie stellst du dir das vor?"
„Der Chef ist morgen auf Dienstreise. Die letzten gehen um 17.00 Uhr. Der Wachdienst schließt erst zwei Stunden später ab." Dann küsste sie ihn und war blitzschnell verschwunden.

Das Vorzimmer lag auf der Sportplatzseite, doch Silke zog die Vorhänge zu. Sie ignorierten das Gejohle der fußballspielenden Kinder, sie ignorierten zwei Telefonanrufe. Sie standen eng umschlungen, sie küssten sich, sie rissen sich fast die Sachen vom Leib. Volkers Socken landeten auf einem Kaktus und Silkes Slip im Aquarium. Da sah er plötzlich die dicke Fliege auf einer Stuhlleiste und wunderte sich, dass sie so laut brummen konnte. Aber es war nicht das Insekt. Blitzschnell löste sich Silke von ihm und lauschte. Dann stürzte sie zum gegenüberliegenden Fenster und überzeugte sich. Ja, der Chef kam. Sie hatten cirka dreißig Sekunden Zeit, dass wusste sie.
Volker bemühte sich, seine Socken vom Kaktus zu bekommen, wobei er sich stach, während sie ihre Kleider einsammelte. Sie wusste sofort, dass Volker zu langsam war.
„Raus hier. Geh um die Ecke hinter die Pendeltür, dort wo der Kühlschrank steht", befahl sie und schob ihn auf den Flur. Dann sammelte sie seine Kleidung ein, öffnete ein Fenster und warf sie hinaus. Schnell eilte sie zurück, griff ihre eigenen Sachen und stürzte zur Toilette. Keine Sekunde zu spät, denn der Chef hatte bereits die Klinke der Außentür in der Hand. Als er das Vorzimmer betrat, wunderte er sich über das offenstehende Fenster. Zwei Minuten später sah er Silke in Jeans, Pullover und frisch gekämmt, und seine Welt

war wieder in Ordnung. Er wusste nicht, dass Silkes Slip nebst Büstenhalter auf der Klobrille lag.
„Na, noch fleißig?“, fragte der Chef und ließ sich in seinen Sessel plumpsen. Er übersah die eine Socke Volkers, die noch immer im Kaktus hing.
„Ich mache sozusagen eine Sonderschicht.“
„Das hört man gern. Übrigens, haben wir nicht noch ein wenig Obst im Kühlschrank?“, fragte er plötzlich und stand auf.
„Ja, ich hole es“, sagte Silke eilfertig.
„Nicht nötig“, sagte der Chef und ging zur Tür, doch Silke war schneller. „Das mache ich“, sagte sie verkrampft lächelnd und verschwand aufatmend.
Der nackte Volker hockte zitternd vor dem Kühlschrank. Er traute sich nicht, in sein Büro zu flüchten, denn der Fußboden knarrte. Obendrein musste er niesen. Nur das nicht. Er biss sich in den Arm, und als dies nichts half, aß er die frischen Pfirsiche aus dem Kühlschrank. Jetzt war ihm wohler. Silke kam, sah und glaubte alles verloren, denn Volker verzehrte gerade die letzte Frucht. Als sie dem Chef vom verschwundenen Obst berichtete, zuckte der nur mit den Schultern und verließ die Baracke.

Silke und Volker war die Lust auf Sex vergangen. Außerdem konnte der Chef wieder kommen. Sie vereinbarten, die Baracke einzeln zu verlassen. Silke informierte ihn noch, wo seine Sachen lagen und ging als erste.
So sehr Volker auch aus dem Fenster spähte, er fand seine Kleider nicht. ‚Die Fußballjungen haben sie mitgenommen‘, dachte er. Was tun? Nackt konnte er nicht auf Kleidersuche gehen. Da fiel ihm die Besenkammer ein. Tatsächlich. Im Schrank fand er neben Pornoheften einen Overall und Arbeitsschuhe. Volker wusste, dass die Sachen dem Hausmeister der benachbarten Firma gehörten, der stundenweise bei ihnen aushalf. Overall und Schuhe waren viel zu groß, aber

das war ihm egal. Er verließ gerade die Baracke und stand vor der Eingangstür, als er erneut ein Motorengeräusch vernahm. Da sah er schon den Mercedes, aus dem ein Herr in schwarzem Anzug mit Fliege stieg. Der Mann ging auf ihn zu.
„Es ist wohl niemand mehr da? Ich habe mehrfach angerufen."
„Sie sind alle schon fort."
„Sie sind doch der Hausmeister?"
„Ja", sagte Volker, denn ihm fiel nichts Besseres ein.
„Ich bin der Geschäftsführer. Steigen Sie bitte ein. Wir haben eine Havarie."
Volker ließ sich konsterniert auf den Beifahrersessel fallen und hörte die Erklärungen des großen Chefs: „Ein Regierungsvertreter besichtigt in einer Stunde unsere neue Halle. Und wir haben plötzlich kein Wasser. Die Produktion steht. Dies macht keinen guten Eindruck, wenn man Fördergelder für eine Erweiterung will."
„Ich werde mein Bestes geben", versprach Volker und hielt Wort. In fünf Minuten fand er die Absperrhähne, die irgendjemand zugedreht hatte. Dann informierte er den großen Chef.
„Das haben Sie fein hinbekommen. Wie heißen Sie eigentlich?"
„Volker Biesenthal", sagte er wahrheitsgemäß.
„Ich habe Sie noch nie gesehen."
„Ich bin noch in der Probezeit."
„So, so", sagte der große Chef und nickte mehrfach vor sich hin. Dann musste Volker ihm noch seine dienstliche und private Telefonnummer hinterlassen. Endlich durfte er sich verabschieden. Da öffnete sich plötzlich die Tür des Vorzimmers, und ein adrett gekleideter junger Mann trat ein. Dieser wartete, bis er angesprochen wurde. Misstrauisch beäugte er Volker.
„Was wollen Sie?", fragte der große Chef.
„Ich wollte Meldung machen. In unserer Baracke steht ein Fenster offen, und meine Arbeitssachen fehlen."

„Das hat nichts zu bedeuten. Ich habe es geöffnet", sagte Volker schnell. Dann wandte er sich dem großen Chef zu: „Ich werde es dem Herrn Ingenieur erklären. Es ist alles in Ordnung."
„Also", sagte der Geschäftsführer zum staunenden Ankömmling, „Sie hören ja. Unser Hausmeister wird Sie aufklären. Und nun lassen Sie mich bitte allein."
Volker schob den verdutzten jungen Mann in den Flur.
„Sie haben meine Sachen an", sagte der zu Volker.
„Wir hatten eine Havarie. Als Sanitäringenieur musste ich helfen", erwiderte Volker und ging mit ihm in Richtung Treppe. Als sie vielleicht zwanzig Meter zurückgelegt hatten, hörten sie plötzlich den großen Chef rufen: „Hallo, Sie. Ja, Sie. Sie sind doch der Ingenieur. Könnten Sie bitte noch einmal kommen?"
Volker reagierte sofort und zischte dem jungen Mann zu: „Gehen Sie. Sie sind jetzt der Ingenieur. Sonst sage ich das mit den Pornoheften."
Volker stand aufgeregt auf dem Flur und wartete, aber schon zwei Minuten später erschien der Haumeister wieder.
„Was wollte der große Chef?", fragte Volker nervös.
„Er hat mich gefragt, wie sich der neue Hausmeister macht."
„Und was haben Sie geantwortet?"
„Wir sind mit ihm sehr zufrieden."
Volker verabschiedete sich aufatmend und versprach ihm, die Arbeitssachen wieder in dessen Schrank zu legen. Er sagte nicht, dass es erst morgen geschehen würde, denn es war dunkel geworden und jede Kleidersuche aussichtslos.

Als Volker die Wohnungstür öffnete, lachte ihm seine Marika wie lange nicht entgegen. Selbst in den ersten Tagen seiner Probezeit war sie mehr als misstrauisch gewesen, denn sie zweifelte an seinem Willen. Bisher mit Recht.

„Endlich hast du es geschafft“, begrüßte sie ihn. „Es ist zwar kein Traumberuf, aber du hast wenigstens Arbeit und scheust keine Überstunden.“
„Heute hatte ich eine Sonderschicht.“
„Ich weiß. Dein Geschäftsführer rief an. Er sagte, du hättest heute deine Feuerprobe bestanden und bist ab morgen fest angestellt.“
„Fest angestellt?“
„Ja, als Hausmeister.“

Beipackzettel zu den Anwendungsbereichen des von Ihnen hiermit erworbenen Wenzels

Hier ist genau das drin, was draußen drauf steht – heitere Kurzgeschichten. Was ist das? Es lohnt sich hier gar nicht erst, tiefsinnig und professionell auf Zusammensetzung, Darreichungsform und Inhalt, auf Wechselwirkungen und Gegenanzeigen hinzuweisen. Auch Warnhinweise und Dosierungsanleitungen sind nicht nötig.
Wechseln wir von der literarischen Apotheke gleich aufs Spielfeld. Man muß dort nicht glauben – zumal bei den heiteren Wenzelschen Kurzgeschichten –, dass da einfach nur Regionalliga-Spiele stattfinden. Es kann hier nämlich durchaus auch mal passieren, dass quasi ein angeblich drittklassiger Amateur dem großspurig gegen ihn angetretenen Vollprofi in der allerletzten Minute und Zeile den Pokal wegschnappt! Also, für den pharmazeutischen Hörsaal oder eine germanistische Kritikerrunde ist das nichts – aber haben Sie schon mal vor einer Wurzelresektion im Zahnarzt-Wartezimmer gesessen und in der „Super-Illu" oder gar im „Focus" blättern müssen? Oder kennen Sie dieses Gefühl, jenen unbestimmten Appetit nach was, wenn Sie wieder einmal dem räuchernden Tiefsinn in einer raunenden Welt-Erzählung von Judith Hermann aufgesessen sind? (Dieses größte aller deutschen Fräuleinwunder mag ja den „Geist der Zeit", der darin besteht, dass er gar keiner ist, am besten zum Ausdruck bringen. Arno Schmidt hat das mit dem heutigen Menschen mal auf den Punkt gebracht: „Ein Gemisch aus Sch... und Mondschein.") Oder haben Sie erst kürzlich vor Weihnachten in der langen Schlange vorm Postschalter von McPaper gestanden und das Gefühl gehabt, dass Ihnen was fehlt, um diese Lücke aus Frust und Langeweile zu füllen?

Für solche Situationen haben Sie ja jetzt Ihren Wenzel erworben!
Ein Fräuleinwunder ist er freilich nicht. Auch kein Youngster oder Short-story-teller. Seine heiteren Kurzgeschichten wollen zum Beispiel die Ansprüche einer Beim-Zahnarzt-ausliegenden-Magazin-und-Zeitungs-Geschichte erfüllen. Welche? Ein Anspruch, vielleicht der einzige, ist zumindest der: gut zu unterhalten. Vielleicht auch abzulenken. Wovon? In den besten Fällen von den Nebensächlichkeiten im Leben wie Wurzelresektionen oder Schlangestehen bei der Post, hin zu dem, worauf es ankommt.
Schluß der Worte, Wenzel lesen: Da gibt es bei den –immer auch komischen Geschichten– solche voller Herzenswärme, wo dennoch plötzlich wie ein Blitz das Böse einschlagen kann; da gibt es lauter Sonderlinge, bei denen, schaut man genauer hin, man dennoch den (ost)deutschen Voll-Normalo, meist im schönen Entlassungsalter um die Vierzig oder Fünfzig, ausmachen kann – und Mutti ist oftmals recht streng, aber Vati läuft halt nicht so wie die im Nachmittagsfernsehen.
Falls Sie die ideologischen Opfer des MDR-Bereiches (Drittes DDR-Programm) nicht mehr länger sein wollen, so machen Sie doch einfach einen ersten Schritt auf die Realität zu mit diesen Geschichten von Erhard Wenzel.

Wilhelm Bartsch

INHALT

Titel, die seit der Frankfurter Buchmesse 2003 erschienen sind

Chroniken

Vergessene Zeitzeugen der halleschen Stadtgeschichte
Siegfried Schroeder ISBN 3-937027-37-8 15,90 €

Erzählungen

Rosige Aussichten
Horst Prosch ISBN 3-937027-55-6 14,80 €

Till Eulenspiegel – 66 gesammelte historische Geschichten
Hans-Jürgen Thomann ISBN 3-937027-45-9 14,80 €

Tinte, Tod und tausend Tränen
Erhard Wenzel ISBN 3-937027-48-3 9,90 €

Impressionen Japan/Tokyo
Rudolf Hufenbach ISBN 3-937027-34-3 8,50 €

Gefangen im blühenden Leben
Angelika Reinsch ISBN 3-937027-49-1 7,50 €

Fantasie

Rettung der MIR
Hans-Jürgen Frank ISBN 3-937027-33-5 14,50 €

Kinderliteratur

Der Wall
Reinhardt O. Hahn ISBN 3-937027-31-9 5,00 €

Die Fee Franz
Konrad Potthoff ISBN 3-937027-30-0 3,90 €

Schmetterling Jimmy und das Tal der Rosen
Peggy Theuerkorn ISBN 3-937027-51-3 10,80 €

Die Abenteuerliche Auswanderung
Jan De Piere ISBN 3-937027-21-1 9,95 €

Kurzgeschichten

Bilder des Blickes
Thomas Gechter ISBN 3-937027-43-6 9,80 €

Lyrik

Wer zu früh lacht ...
Arno Udo Pfeiffer ISBN 3-937027-52-1 8,50 €

Titel, die seit der Frankfurter Buchmesse 2003 erschienen sind

Den Zustand ändern
Hannelore Schuh | ISBN 3-937027-50-5 | 6,80 €

Letzter Sommertag
Wolfram Kristian Meitz | ISBN 3-937027-44-0 | 7,50 €

Kriminalromane

Ein Toter spricht sich aus oder Alles, was verboten war
Karlheinz Klimt | ISBN 3-937027-42-4 | 14,80 €

Das Geheimnis der Villa Cortese
Wolfgang Mogler | ISBN 3-937027-41-6 | 12,80 €

Romane

Aus Liebe zum Volk
Reinhardt O. Hahn | ISBN 3-931950-36-0 | 9,80 €

Leipziger Protokolle
Reinhard Bernhof | ISBN 3-937027-38-6 | 14,50 €

Zwischen Job und Menschlichkeit
Ingrid Böttger | ISBN 3-937027-56-4 | 11,50 €

Sachbuch

Aus Flandern in die Mark
Susanne Wölfle Fischer | 12,50 €

„... mein Traum vom Glück war groß und tief“ – Der „Brasilianer“ aus Danstedt
Alfred Bartsch / Paul D. Bartsch | ISBN 3-937027-16-5 | 10,00 €

Mein Gedicht ist mein Bericht
Angelika Arend | ISBN 3-937027-15-7 | 17,00 €

Zeitzeugen-Berichte

Diagnose: Borderline-Persönlichkeitsstörung
Angelika Johanna Lazara | ISBN 3-937027-32-7 | 9,80 €

Im Krieg und danach
Edith Lux | ISBN 3-937027-54-8 | 24,50 €

Das 20. Jahrhundert
Werner Gratz | ISBN 3-937027-26-2 | 16,35 €